나를 울리는 소리

나를 울리는 소리

이현호

다린

박상

권효현

김안

이주란

박은정

최정우

구현우

말로

정진영

이현철

손미

주상균

정이재

김인숙

조병준

도마뱀
/domabaem

나를 울리는 소리

우리가 최초로 느끼는 감각은 청각이다. 여러 감각기관 중에서 청각기관이 제일 먼저 발달하기 때문이다. 태아의 청각기관은 5개월 무렵이면 거의 만들어진다. 이때부터 아이는 엄마의 심장 소리, 장운동 소리, 혈류 소리 등을 종일 듣게 된다. 8개월쯤에는 청각기관이 완성돼서 엄마의 몸 밖에서 나는 소리도 알아들을 수 있다. 한편 청각은 우리가 최후로 느끼는 감각이기도 하다. 여러 감각기관 중 우리가 죽을 때 가장 늦게 닫히는 것이 청각기관이라고 한다. 우리는 세상에 태어나기 전부터 소리를 듣고 또 소리를 들으며 죽는 것이다.

우리는 온갖 소리에 둘러싸여 살고, 우리의 귀는 자나 깨나 열려 있다. 아침을 깨우는 새소리, 사람의 말소리, 바람 소리나 물소리 같은 자연음, 지하철 들어오는 소리나 시계의 째깍거림 같은 기계음, 고양이나 개의 울음소리, 악기음, 여기에 별의별 소음까지. 우리는 알게 모르게 숱하디숱한 소리를 듣는다. 개중에는 우리의 주의를 끄는 것도 있고, 무심결에 흘려보내는 것도 있다. 대부분의 소리는 금세 피었다가 지지만, 어떤 소리는 사라지지 않고 우리의 기억과 마음에 뿌리내린다. 때때로 그 소리는 우리의 안에서 되살아나 우리를 울리기도 한다. 한번 작동하면 저절로 연주되는 오르골처럼.

'문예단행본 도마뱀' 시리즈 3호는 『나를 울리는 소리』다. 우리가 살면서 들은 셀 수 없이 많은 소리들, 그중에서도 아직도 귓속을 울리는 소리에 대한 이야기를 담았다. 이때의 울림은 소리가 만드는 물리적인 진동이기도 하고, 우리의 마음을 뒤흔든 소리의 여운이기도 하다. 또한 소리가 무엇에 부딪쳐 되울려 나오는 현상으로서의 울림이자 누군가를

편집부

눈물짓게 하는 울림이기도 하다. 소리의 울림과 마음의 울림. 울리는 소리와 울리는 마음. 이전까지는 책의 주제와 제목이 각기 달랐지만, 이번 호는 주제가 그대로 제목이 되었다. 독자에게 '나를 울리는 소리'를 고스란히 전달하고 싶었기 때문이다. 눈에 보이지는 않지만 분명히 존재하는 소리처럼, 눈길을 끄는 제목이 아니더라도 저 울림과 소리가 독자에게 닿을 것이라고 믿는다.

음악가, 시인, 소설가, 철학자, 방송작가, 작사가, 배우, 영화인…. 이번 호에도 '나를 울리는 소리'에 대한 이야기에 여러분이 함께했다. 다양한 필자의 면면만큼 우리를 웃고, 울리고, 사유하게 하는 다채로운 글들이다. 때로는 음악이 되고, 때로는 소음이 되고, 때로는 그 자체로 언어이자 생각이 되는 소리들. 여기에 실린 글들이 모쪼록 읽는 이에게 눈으로 듣는 소리가 되었으면 하는 바람이다. 그 소리가 마음까지 울린다면 더할 나위 없겠다.

문예단행본 도마뱀 ✳ **차례**

이현호 ✳ 시인

야옹야옹

세상에 홀로 우는 것은 없다

혼자 우는 눈동자가 없도록

우리는 두 개의 눈으로 빚어졌다

— 이현호, 「묵음(默吟)」(시집『라이터 좀 빌립시다』)에서

병원에 다녀왔다. 마지막으로 갔던 것이 언제였는지 잘 기억나지 않을 정도로 병원은 오랜만이었다. 나는 어지간해서는 병원 문턱을 넘지 않는다. 웬만큼 아픈 것은 저절로 나을 때까지 참고 견딘다. 인체의 자연 치유력을 자못 신뢰하는 편이기도 하고, 무엇보다 병원에 드나드

백지(위)와 오복(아래) ©김현욱 사진작가

는 일이 몹시 번거롭기 때문이다. 때를 맞춰 약을 바르거나 먹는 것도 내 성정에는 성가시기만 하다. 지금은 많이 달라졌지만, 십수 년 전에는 부러진 다리에 스스로 부목을 댈 만큼 병원 출입을 꺼렸다. 덕분에 뼈가 제대로 붙지 않아 지금껏 후유증에 시달리고 있다. 참 미련한 짓거리가 아닐 수 없지만, 어쨌든 나는 이제껏 "시간이 약이다."라는 자체 처방전 으로 이런저런 병을 고치며 살아왔다. 마음의 아픔도 마찬가지다.

이번에 병원을 찾은 것은 어디가 크게 아파서는 아니었다. 언제부 턴가 콧속에서 자꾸 진물이 났는데, 이게 멈추질 않았다. 그냥 내버려두 면 진물이 딱지처럼 굳어서 숨을 쉬기 힘들었다. 자다가도 막힌 코가 답 답해서 깨기 일쑤였다. 자나 깨나 수시로 코를 푸는 수밖에 없었다. 금 방 낫겠지, 낫겠지 하는 동안 일주일이 지났다. 그간 두루마리 휴지를 몇 통이나 썼는지. 통증보다도 휴지를 끼고 사는 불편함을 더는 견딜 수가 없었다. 어느 병원에 가야 하나. 오랜만에 병원을 찾으려니 진료 과목도 헷갈렸다. 내과는 아니고… 소아과도 아니고… 성형외과는 더 더욱 아니고…. 코가 아프면 어디를 가야 하나. 코가 한자로 '비(鼻)'라 는 것을 떠올리기까지 한참이 걸렸고, 다시 이비인후과를 생각하기까지 또 시간이 걸렸다.

코를 훌쩍이며 병원에 가는 사이 '혹시나' 하는 마음이 떠나지 않 았다. 내가 병원을 기피하는 이유 중의 하나가 이 '혹시나'였다. 병원에 갈 결심을 하면 괜한 걱정부터 든다. 어쩌면 내가 전혀 생각지도 못했던 큰 병일지 모른다는 불안과 염려. 이 마음고생을 생각하면 차라리 "모 르는 게 약" 아닌가. 병원에 가는 일은 괜한 맘고생을 사서 하는 것이고,

이현호

시간이 지나면 저절로 나을 것을 긁어 부스럼 만드는 꼴 아닌가. 물론 이 역시 병을 키우는 어리석은 생각이다. 나는 병원 입구에서 자꾸 뒷걸음질하려는 마음을 다잡았다. 이런 고민을 하는 동안에도 나는 계속 코를 훌쩍거리고 있었다. '나이가 몇 살인데. 진짜 코흘리개가 따로 없구나.' 나는 심호흡을 한 번 하고 병원 문을 밀고 들어갔다.

혹시나 하는 마음이 무색하게 진찰은 눈 깜짝할 새에 끝났다. 얼마나 하찮은 증상이었는지 의사는 내게 제대로 된 병명도 알려주지 않았다. 그저 연고와 먹는 약을 처방해줄 테니 제때 잘 바르고 잘 먹으라는 말뿐이었다. 약국에서 피부염에 바르는 연고와 항생제, 소염제 따위가 든 약봉지를 받아들고 집으로 돌아가는데 공연히 마음이 복잡했다. 진작 이럴 걸 싶다가도 고작 이런 일로 병원을 찾은 것이 어쩐지 무안했다. 그나저나 약은 식후 30분 후 복용인가… 요즘 약은 그런 거 없나…. 온갖 잡념에 잠겨 터벅터벅 걷고 있는데, 불쑥 교복을 입은 한 무리의 학생들이 나를 앞질러갔다. 아주 일상적인 풍경일 뿐인데 오늘따라 봄 햇살 아래 서로 티격태격하며 꺄르르 웃는 아이들의 모습이 눈에 인장처럼 박혔다. 느닷없이, 내가 나이를 먹었다는 생각이 들었다.

그러고 보니 요즘은 허리도 좋지 않았다. 자고 일어나면 곧잘 허리가 뻐근했다. 침대도 자는 자세도 자는 시간도 전과 다름없는데 왜 이럴까. 달라진 것이라고는 내 나이밖에 없었다. 그래, 그 무엇도 시간의 풍화작용을 벗어날 수 없지. 시간은 약이면서, 독(毒)이기도 하구나. 약도 체질에 맞지 않으면 독이 되고, 독도 적당히 쓰면 약이 된다는데. 내게 맞는 시간은 무엇이고, 시간을 적당히 쓴다는 것은 무엇일까. 한번

야옹야옹

백지 ⓒ김현욱 사진작가

피어난 잡념은 도깨비바늘처럼 쉽게 떨쳐지지 않았다. 손에 든 약봉지는 거의 무게가 느껴지지 않을 만치 가벼운데, 집으로 가는 걸음이 점점 무거워졌다. 나이에 대해 생각한다는 것 자체가 이미 나이를 먹었다는 증거라는 데 생각이 미치자, 나는 좀 서글퍼졌다.

집은 여느 때와 마찬가지로 조용했다. 나는 식탁 위에 약봉지를 내려놓고, 슬그머니 방 한구석에 있는 안락의자로 가보았다. 독서용으로 산 것인데 고양이들이 쉼터로 잠자리로 낙점하는 바람에 정작 나는 제대로 써본 적이 없는 물건이다. 으레 고양이들은 거기서 자고 있었다. 미소를 띤 듯 상냥한 표정으로. 무슨 꿈을 꾸고 있을까. 나는 태극무늬처럼 서로 몸을 맞대고 잠들어 있는 고양이들을 물끄러미 내려다보았

이현호

오복 ⓒ김현욱 사진작가

다. 아무리 길어봐야 십 년 후면 이 모습을 다시 볼 수 없겠지. 이들은 지금 한때의 고요함을 넘어 영원한 침묵으로 갈 테다. 나이를 먹는다는 것은 조용해지는 일인가. 우리는 모두 우렁차게 울면서 태어나지만, 끝내는 모두 침묵으로 돌아간다. 관 뚜껑을 덮는다는 속된 말은 어쩌면 진짜 관이 아니라 다시는 열릴 수 없는 입에 대한 비유일지 모른다.

　　내 시선을 느꼈는지 고양이들이 가만 실눈을 뜨더니 나를 빤히 쳐다봤다. 그것도 잠시. 그들은 곧 눈을 감고 서로의 품속에 더 깊이 몸을 묻었다. 좀 알은체라도 하지. 서글픈 마음이라 모든 것이 서글프게 보이는지 평소 사랑해 마지않는 고양이들의 태도가 괜히 서러웠다. 얘들도 진짜 나이를 먹었구나. 확실히 누워 있는 시간이 늘었어. 예전에는 안 그랬는데. 몇 년 전까지만 해도 집 안은 곧잘 소란스러웠다. 고양

야옹야옹

이 두 마리가 서로 쫓고 쫓으며 꼬리잡기를 하고, 혼자서도 흔히 '우다다'라고 하는 뜀박질을 그치지 않았다. 장난감을 내 앞까지 물고 와서 놀아 달라고 보채기도 일쑤였다. 그러던 것이 어느덧 모두 뜸해졌다. 귀찮아하지 말고 좀 더 놀아줄 걸. 요즘은 내가 낚싯대 장난감을 들고 흔들어도 고양이들은 별 반응이 없다. 매사 시큰둥해진 게 고양이뿐만은 아니지만.

　나는 살며시 고양이들의 몸에 손을 얹었다. 그들의 체온과 숨을 쉬며 살짝살짝 오르내리는 배의 리듬이 고스란히 전해졌다. 생명을 감각하는 내 손길에도 어쩐지 활기가 도는 느낌. 내가 어렸을 때 밤늦게 술에 취해 돌아온 아버지도 이랬을까. 백지야, 오복아. 나는 나지막이 고양이들의 이름을 읊조렸다. 고양이들이야 사람이 붙여준 이름 따위 아무래도 상관없겠지만, 어쨌든 나는 두 마리의 고양이를 백지와 오복이라고 불렀다. 모든 이름이 귀한 것은 거기에 어떤 염원이 담겨 있기 때문. 올해로 일곱 살이 된 첫째에게 백지라는 이름을 붙인 데는 두 가지 이유가 있었다. 하나는 아무것도 쓰이지 않은 백지(白紙)처럼 세상 근심 따위 모르고 행복하게 살라는 뜻이고, 다른 하나는 눈동자가 내가 좋아하는 홍콩 배우 장백지를 닮아서다.

　백지는 지인에게서 분양을 받았다. 그는 암수 두 마리의 고양이를 키우고 있었다. 수컷을 중성화수술했는데 암컷의 배가 불러와 동물병원을 찾으니 임신이었다. 이게 어찌된 일인가. 수의사와 날짜를 따져보니 중성화수술을 하기 일주일 전쯤 둘이 일을 치른 모양이었다. 그 후 암컷은 두 마리의 새끼를 낳았다. 졸지에 네 마리 고양이를 키우게 된 지인

이현호

은 정신을 차리지 못했다. 집은 금세 고양이 집에 사람이 얹혀사는 꼴이 되었다. 혼자서 네 마리의 고양이를 도저히 감당할 수 없었던 그는 내게 한 마리를 키워볼 생각이 없느냐고 물었다. 경제적인 여건이 되는지, 돌볼 시간이 있는지, 앞으로 최대 2박 3일 이상 집을 비우지 않고 살 자신이 있는지 등등, 나는 한참을 고민했다. 그러다 결국 독립할 때가 된 백지를 집으로 데려왔다. 이름 덕택이 아니라 부모와 지인에게 사랑을 받으며 자랐기 때문이겠지만, 그 뒤로 백지는 우리집에서 정말 백지처럼 살고 있다. 전혀 구김살이 없고, 누구도 의심하거나 경계하지 않는다. 흔히 말하는 개냥이. 해코지를 당한 적이 없어서 누군가 자기를 괴롭힐 수 있다는 상상조차 못하는 듯하다. 낯선 사람도 꺼리지 않고, 아무에게나 배를 보이고 이마를 부비며 애교를 부린다. 우리집에 찾아온 손님을 접대하는 것도 백지의 몫이다.

한 살 아래 오복이는 여러모로 백지와는 반대다. 오복이는 다 죽어가는 것을 구조한 아이다. 구조한 분의 얘기에 따르면 웬 새끼 고양이가 집 근처에서 사흘 밤낮을 울었다고 한다. 사람 손을 타면 어미가 찾지 않을까봐 가만히 지켜보기만 했는데, 사흘째 되는 날 장맛비를 쫄딱 맞으며 서럽게 우는 꼴을 더는 두고 볼 수 없어서 집으로 들였다고 한다. 그분은 이미 고양이를 네 마리나 데리고 있던 터라 누군가 대신 맡아줄 이를 찾았는데, 건너건너 나에게 인연이 닿았다.

오복이는 예상했던 대로 건강이 좋지 않았다. 동물병원에 데려가니 어린것이 무엇을 주워 먹었는지 뱃속에 기생충이 많았고, 영양결핍이었다. '오복(五福)'이라는 이름은 그래서 붙였다. 온갖 복을 받으며 건강하게 살라는 마음에서였다. 다행히 지금은 무척 건강한데, 어린 날의 기억이 트라우마가 되었는지 성격이 유난히 소심하다. 무척 겁이 많고, 사람에게 쉬이 곁을 내주지 않는다. 오래 같이 산 나에게는 애교를 곧잘 부리는데, 낯선 사람만 보면 어디 구석에 들어가서 좀체 얼굴을 비추지 않는다. 집 밖에서 자동차 경적 따위의 큰 소리라도 나면 세상이 무너지기라도 하는 양 놀란다. 그럴 때 백지는 의젓하게 미동도 없다. 처음 일이 년간은 내 손길에도 주뼛거렸는데, 요즘은 우리집에 몇 번 놀러와 안면이 익은 이에게는 알은체를 하기도 한다. 내가 그랬듯 오복이에게도 시간이 약이 되었다.

계속 몸을 쓰다듬고 있자니 고양이들이 고르릉고르릉 소리를 내었다. 흔히 '골골송'이라고 하는 이 소리는 실제로 사람의 심신을 안정시키고, 병증을 완화하는 효과가 있다고 한다. 반려동물을 키우는 사람은 그렇지 않은 이에 비해 평균수명도 길다고 한다. 그러고 보면 내가 집에서 백지(白紙)처럼 마음 편히 있을 수 있는 것도, 크게 아픈 데 없이 밥 굶지 않고 사는 복을 누리는 것도 고양이 덕택인지 모른다. 어쩌면 고양이들은 '백지야, 오복아'를 제 이름이 아니라 내 이름으로 알고 있을지도. 고양이들은 '백지'와 '오복'이라는 말을 저를 부르는 소리가 아니라, 나를 좀 보아 달라고 내가 그들에게 보내는 신호쯤으로 여길지도 모르겠다. 하기야 누가 백지고 누가 오복이면 어떤가. 중요한 것은 지금 이 한때의 평화로움. 언젠가 다시는 느낄 수 없게 될 이 순간이다.

이현호

백지 ⓒ김현욱 사진작가

야옹야옹

고양이세수를 배우는 저녁

고양이를 때릴 뻔했다
때리지는 않았지만 때린 것보다도 더
내가 고양이를 때릴 수 있었다는 사실이
나를 때렸다

특별한 일이 있었던 것은 아니었다
여느 날과 다름없는 여덟 시간의 노동
먹는 것도 일이라서 흘려버린 점심
밥을 먹자 밥을 먹자 곱씹던 퇴근길

문을 열자 내게 안기는 고양이들의
똥오줌 냄새, 쌓여 있는 설거지
선반에서 바닥으로 추락한 화분
밥을 달라 밥을 달라는 고양이들의 칭얼거림

똥오줌을 치우고 창문을 열고
흙바닥이 된 방바닥을 쓸고 닦고
그러는 동안 고양이는 헤어볼을 토했고
책상 아래서 씹다 뱉은 이파리를 발견했고

어서 밥을 먹자 밥을 먹자 설거지를 하는 내내

20
이현호

밥을 달라 밥을 달라 낑낑거리는 울음
때릴 수는 없었지만 때리고 싶다는 생각이
나를 때리고 때렸다

까득까득 사료를 씹고 있는 고양이들을 보며
울음, 그것이 아니고서는
우리는 서로에게 아무것도 전할 수가 없구나
까득까득 눈 속에서 까득까득 부서지는

고양이와 나의 밥그릇을 다시 설거지하고
어제와 다를 것 없이 씻고 자려고
비누를 잡는데, 쓱
고양이처럼 손안에서 미끄러진다

다시 집은 비누가 스윽 손아귀를 달아난다
고작 비누 하나가 손에서 빠져나갔을 뿐인데
나는 울어버려야만 할 것 같았다
비누를 부르기 위해서

화장실 밖에 앞발을 모으고 앉아 있는 고양이들
엉거주춤한 나를 보는 선한 눈동자들
까득까득 까득까득 까득까득
고양이세수를 하고 우리는 잔다

야옹야옹

오복 ⓒ김현욱 사진작가

　나는 컴퓨터를 켜고, 모니터에 얼마 전에 마무리한 시를 띄웠다.
불쑥 이 시를 고쳐 써야겠다는 생각이 들었다. 시에서처럼 한때 내 신경
을 긁었던 고양이들의 저 소란스러움이 오늘은 다시없이 귀하게 여겨졌
다. 아이들이 깨면 혀를 빼고 숨을 헉헉거릴 때까지 놀아주어야지. 우다
다 고양이들이 달리는 소리, 우당탕 고양이들이 사고를 쳐서 높은 데 있
던 물건이 떨어지는 소리, 야옹야옹 화장실을 치워달라 밥을 달라 보채
는 소리…. 나는 갑자기 이 소리들이 몹시 그리워졌다. 고양이를 혼내

이현호

고 싶었던 마음을 자책하는 시가 아니라 고양이더러 더 시끄럽게 굴라고 등을 떠미는 시를 쓰고 싶어졌다. 이런 마음을 알까. 나는 모니터에서 눈을 떼고 고개를 돌려 고양이들을 쳐다봤다. 그들은 여전히 쌔근쌔근 자고 있었다. 자, 어서 일어나서 날뛰라고. 마음 같아서는 고양이들을 깨우고 싶었지만, 내 욕망을 채우자고 그들을 귀찮게 할 수는 없었다. 나도 자는 데 깨우는 건 질색이니까.

　　나는 자리에서 일어나 두 마리 고양이와 한 사람이 살고 있는 열서너 평짜리 방을 둘러봤다. 지금 이 순간을 담아두어야 할 성싶었다. 사진이 아니라 마음으로. 집은 사람이 살지 않으면 금세 폐가가 된다는 말이 있다. 그대로 두면 사람 손에 닳는 데 없이 더 오래갈 것도 같지만, 여기저기 사람 손이 미치지 않는 집은 쉽게 병든다. 쓸고 닦고 수리하는 손길이 필요한 것이다. 그런데 오후 한때의 고요함 속에서 고양이들의 소란스러움에 대해 생각하다 보니 저 말이 좀 다르게 다가왔다. 사람이 살지 않는 집은 조용함을 견딜 수 없어서 무너지는 것은 아닐까. 기둥이나 대들보가 아니라 사람의 발걸음 소리, 웃고 울고 떠드는 소리가 집을 떠받치는 것은 아닐까. 바람이 빠지는 풍선처럼 안에 소란함이 없는 집은 그렇게 허물어지는 것이 아닌가. 이렇게 생각하니 조금 전까지 나이 때문에 시끄러웠던 마음도 마냥 나쁜 것만은 아닌 듯싶었다. 내가 집이라면 마음은 거기에 사는 사람일 테니. 번잡한 마음이야말로 살아 있다는, 내가 아직 나이를 덜 먹었다는 증거 같았다.

　　나는 부스럭부스럭 종이봉투에서 약을 꺼냈다. 간식을 까는 소리로 착각했는지 어느새 잠을 깬 고양이들이 다가와 내 발목에 이마를 부비며, 야옹야옹 울었다. 시끄러워서 듣기 좋은 소리였다. 원래 다 큰 고양이는 영역을 침범 당했거나 발정기가 아니면 잘 울지 않는다고 한다. 고양이의 의사소통 방법은 청각(울음소리), 후각(냄새), 시각(몸짓)인데 고양이끼리는 울음소리로 의사소통하는 일이 거의 없단다. 성묘가 되어서는 대부분 몸짓과 냄새로 소통하는데, 유독 사람에게만 야옹댄다. 몸짓과 냄새만으로는 사람에게 뜻을 전달할 수 없음을 알고 있는 까닭이다. 그래, 그랬구나. 나는 간식을 달라고 우는 고양이들에게 알아들었다는 시늉을 했다. 나는 나를 앞질러 먼저 밥그릇 앞에 가 있는 고양이들을 뒤에서 가만히 바라보았다. 아주 일상적인 광경일 뿐인데 오늘따라 그 모습이 낯설게 다가왔다. 나는 고양이처럼 야옹야옹 울어보았다. 왜 저러냐는 눈빛으로 고양이들이 뒤를 돌아봤다. 야옹야옹. 약이기도 하고 독이기도 한 시간으로부터 무언가 지키기 위해서, 우리의 집이 허물어지지 않도록, 나는 언제까지나 이렇게 울고 있어야만 할 것 같았다.

야옹야옹.

이현호

시집 『라이터 좀 빌립시다』, 『아름다웠던 사람의 이름은 혼자』가 있다. 대부분의 시간을 방에서 고양이 두 마리와 지낸다. 누가누가 더 오래 누워 있나 내기라도 하는 듯이.

백지(위), 오복(아래) ⓒ김현욱 사진작가

야옹야옹

저기 사람이 있다

연남동으로 이사 오기 전에 살았던 집의 맞은편에는 큰 병원이 있었다. 우리집에서 병원 내부가 모두 보일 정도로 가까웠고, 병원에서도 창문을 통해 우리집을 속속들이 볼 수도 있다는 생각에 창문을 잘 열어두지 않았다. 이런 이유에서 이사할 당시 가장 우선으로 여겼던 것은 창문 앞에 장애물이 없어야 한다는 것이었다. 운이 좋게도 마땅한 곳을 만날 수 있었고, 나는 창문을 통해 만날 탁 트인 연남동의 풍경을 상상하며 부푼 마음으로 이사를 왔다. 그런데 얼마 되지 않아 창문 바로 앞으로 새 건물이 지어지기 시작했고, 매끈하게 완공된 건물에 가로막힌 창문은 역할을 잃고서 원래부터 없었다는 듯 닫힌 채로 방 한쪽에 남겨지게 되었다.

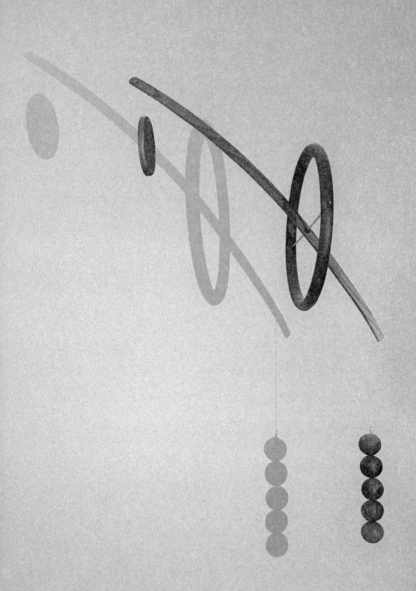

나무집 @namoozib
시소(seesaw)

창문에 새로운 역할이 주어지게 된 날은 특별할 것 없는 어느 늦은 여름밤이었다. 일과를 마치고 집에 돌아와 의자에 앉아서 두 눈을 감고 있었다. 그때 몽롱한 적막을 깨고 행인 두 명의 와자지껄한 대화가 들려왔다. 나는 지친 몸 때문에 그들의 대화가 소음으로 여겨졌고 어서 그들이 지나가기만 기다렸는데, 고요한 밤거리 위로 점점 선명하게 들려오는 이야기에 나는 자연스레 귀를 기울이게 되었다. 나는 창문을 열었다. 그들은 한참을 서로의 이야기와 장난 섞인 농담을 주고받았고 실 커튼 같은 밤바람과 함께 호탕하게 웃는 소리, 되묻는 목소리가 교차하다가 이윽고 멀리 사라졌다. 나는 그들의 소리가 사라진 거리의 침묵을 들으며 언젠가 내가 걸었던 여름의 밤거리를 떠올렸다. 그들이 얼마나 행복하게 웃고 있었을지, 여름의 자유가 얼마나 투명한 소리를 내며 굴러가는지, 이 모든 풍경이 얼마나 푸른빛으로 반짝이는지 상상했다. 만난 적 없는 그들의 얼굴은 아마도 언젠가 그 밤거리를 걷던 내 얼굴과 많이 다르지 않을 거라 생각하면서. 이후에도 늦은 밤 창문을 열면 술 취한 사람들의 푸념이나 우스꽝스러운 대화, 연인의 다툼 등 길 위에서 펼쳐지는 여러 대화를 엿들을 수 있었는데 그럴 때면 나는 그들과 함께 걷고 있는 기분이 되곤 했다.

창문을 자주 열어두면서 더 많은 소리를 들을 수 있었다. 비가 오는 날이면 옆 건물과 창문 사이로 떨어지는 빗소리가 동굴처럼 내 방을 가득 울렸고, 나는 고개를 내밀지 않고서도 창문으로부터 바닥이 얼마나 깊은지 그려볼 수 있었다. 밤을 새우는 날이면 해가 밝아오지 않아도 골목 입구에서 열린 요란한 새벽 장을 통해 아침이 온 것을 알 수 있었고, 바람이 세게 부는 날이면 보이지 않는 건물의 모퉁이 외벽을 긁는 나뭇가지와 전선의 리듬으로 바람의 방향을 들을 수 있었다. 그 집에 사는 동안, 외벽에 가려져 쓸모를 잃은 창문으로 볼 수 있는 풍경은 없었다. 하지만 들려오는 소리를 통해 누군가의 삶이, 세상이 저 너머에 생생하게 있다는 것을 느낄 수 있었다.

당시에 친구 강물 또한 나와 같은 연남동에 살고 있었다. 동네 친구를 가져본 적이 한 번도 없었던 나는 가까운 곳에 내가 소중히 여기는 사람이 살고 있다는 사실이 너무나 반가웠다. 우리는 틈만 나면 만나서 서로가 느끼는 것들에 관해 이야기했고 덕분에 서로의 변화와 질문에 누구보다 먼저 반응하고 공감할 수 있었다. 나는 강물 곁에 있는 시간이 많아지면서 그녀가 자신에게 소중한 것을 타인과 나눌 때 얼마나 살아있음을 느끼는지, 자신의 감상을 마주앉은 이에게 고백하는 것이 그녀에게 얼마나 큰 사랑의 표현인지를 알 수 있었다.

저기 사람이 있다

무더위가 계속되던 어느 여름, 강물은 좋아하는 사람이 생겼다며 K에 대해 이야기했다. 한국에 잠시 머물고 있는 그와 우연히 만나게 되었고, 그는 곧 자신이 살고 있는 파리로 돌아가야 한다고 했다. 나는 강물이 마주앉은 사람에게 얼마나 자신을 쏟아붓는지 알고 있기에 그가 '곧 떠날 사람'이라는 이야기를 듣고서 그녀를 크게 걱정했다. 하지만 그런 나와는 다르게 강물은 맑게 웃으며 그와 함께 보냈던 시간과 자신의 달뜬 마음에 관해 이야기했다. 걱정으로 가득한 나의 얼굴을 보며, 강물은 멋쩍게 웃어 보이면서 내 마음을 알 것 같다고 말했다. 그녀는 자신보다 넓은 견문과 지식을 가진 K에 관해 이야기하면서, 자신이 되고자 하는 모습이 이미 되어 있는 그의 옆에 있으면 자신이 종종 구덩이에 빠져 허우적대는 사람처럼 초라해져 스스로가 너무 싫었다고 말했다. 그리고 그런 순간이 이어질 때마다 그가 사는 파리에는 자신보다 더욱 중요한 것들이 많을 것이며, 작고 볼품없는 자신과의 관계는 유지하지 않을 수도 있겠다는 생각이 꼬리를 문다고 했다. 나는 강물에게 그런 생각이 들면서도 도망치지 않는 이유가 무엇이냐고 물었다. 강물은 그가 돌아갈 곳을 잃은 이방인의 외로움 같은, 삼켜지지 않는 슬픔을 가지고 있다고 말하며 그 슬픔이 자신에게도 있다고 말했다. 강물은 잠시 말을 고르더니 홀로 견뎌내고 있을 그가 얼마나 고통스러울지, 그리고 그 숨 막히는 순간들이 얼마나 견디기 힘든 것인지에 관해 이야기했다. 그곳의 그를 자신이 안아줄 수 있으면 좋겠다는 말을 덧붙이면서. 그때의 강물의 목소리가 낯설지 않았던 건, 지난날의 내가 지금의 그녀와 너무나도 닮아 있었기 때문이다.

어릴 적, 내가 노래하는 일에 꿈을 품게 되었을 무렵 만난 사람이 있었다. 신기하게도 그는 내가 좋아하는 작품의 작가였고 그와 친구가 되었을 때 나는 그에게 내가 당신의 작품에 얼마나 감동하고 매달려 살았는지에 대해, 작품에서 느껴지는 슬픔이 내게 얼마나 따뜻했는지 이야기했다. 그는 기다렸다는 듯이 나의 목소리에 대한 이야기로 대화를 이어나갔고 내 음악이 자신에게 어떻게 들려오는지, 얼마나 큰 위안이 되는지 말해주었다. 끊임없이 서로의 질문에 답하는 그 시간 동안 우리는 서로가 얼마나 닮아 있는지 알게 되었다. 이후 우리는 많은 시간을 함께했고 가장 가까운 곳에서 서로를 응원하게 되었다. 그러나 그의 전적인 응원과 나의 노력에도 불구하고 당시의 나는 내 분야에서 아직 이렇다 할 성과가 없었다. 부담과 서러움을 이겨내지 못하고 지쳐버린 나는 내 옆에서 많은 이들에게 사랑받으며 빛나는 그가 너무나 멋지고 자랑스러웠지만, 그 옆에 서면 생겨나는 그림자 같은 불안에 아파했고, 그는 그런 나를 보며 점점 나에게 자신을 감추기 시작했다. 그때의 우리가 정말로 슬퍼했던 것은 서로가 더는 솔직해질 수 없었던 그 상황이 우리를 어떻게 찌르고 있으며, 자신을 감추는 것이 도피라는 걸 자각할 때 얼마나 괴로운지를 서로가 가장 잘 알고 있다는 사실이었다. 우리는 서로 더는 들키고 싶지 않아 했고 더는 물으려 하지 않았다. 우리는 그렇게 엇갈렸다. 나는 그때의 마음이 장면으로 그려졌다면 아마도 쏟아지는 폭우와 그곳을 가로지르며 달리는 사람이 있지 않았을까 생각했다. 눈물로 범벅이 된 얼굴을 하고 의심 속으로 내달리는 사람. 나는 결국 그 속에서 두 눈을 감고 주저앉아버렸지만 말이다.

저기 사람이 있다

"나는 K를 지키고 싶어." 낮은 목소리로 강물이 말했다. 그녀의 눈동자를 보며 나는 이젠 과거가 되어버린 시간의 얇은 장막 너머로 그녀와 같은 얼굴을 하고 거리를 헤매는 나와 마주칠 수 있었다. 시작도 끝도 없이, 자신의 상처가 얼마나 벌어진지도 모른 채 여전히 그곳을 맴돌고 있는 서러운 외침. 과거의 기억으로부터 멀찍이 서서 그곳을 바라보면 지금의 내가 그날로부터 얼마나 멀리 와 있는지 느낄 수 있었다. 그 순간, 강물은 참지 못하고 울음을 터뜨렸고 폭우를 뚫고 들려오는 울음소리를 따라 끝나지 않을 것 같던 장마 속의 내가 마침내 길을 발견하여 지금으로 달려오고 있는 것 같았다. 마침내 뛰쳐나온 것이다. 그날 나는 강물과 함께 지난날의 우리를 찌르고 있던 날카로운 기억을 나란히 꺼내어두었다. 우리는 서로의 아픔에 대해 어떤 말도 할 수 없었지만, 그 침묵은 무슨 말이든 될 수 있었다.

여름 끝자락 무렵 K는 파리로 떠났다. 강물은 핏기 없는 얼굴로 마른 손을 휘휘 흔들어가며 파리로 떠나기 전 그와의 마지막 장면을 설명했다. 나는 젖은 종이처럼 지쳐 벽에 기대어 있는 강물을 보며 속상해했다. 그러나 나는 이야기를 이어나가는 강물의 목소리에 더욱 귀를 기울일 수밖에 없었다. 한차례 장마가 지나갔음에도 그녀의 마음속에는 아직 꺼지지 않은 불씨가 남아 있었고, 그 불씨는 얇은 지팡이처럼 가까스로 그녀를 지탱하고 있었기 때문이다. 그해 가을, 강물은 파리에 갔다.

　그녀는 출국 전날까지도 자신이 파리에 다녀오기로 마음먹은 것이 K 때문만은 아니라고 거듭 강조했다. 자신의 용기를 누군가 강력하게 반증해주기를 바랐던 것일까. 파리로 떠나는 비행기 안에서 강물의 마음이 어땠을지 나는 알지 못한다. 그러나 파리의 강물과 종종 연락을 주고받을 때면 자신의 감정으로부터 도망치지 않고 불안이 쥐고 흔드는 수많은 밤과 거리를 마땅히 감당해내며 기록하고 있는 그녀의 모습들을 전해 들을 수 있었다. 자신을 이루고 있는 것들을 경험하며 사랑 앞에 마주설 준비를 차근차근히 하고 있던 것이다. 한 달의 시간을 파리에서 보낸 후 강물은 한국으로 돌아오기 이틀 전 마침내 K를 만났고 마지막을 고했다. 강물은 한국으로 돌아오는 내내 울었다고 한다.

　공항 한가운데 서서 나에게 안긴 채로 서럽게 울던 강물을 기억한다. 분명히 잃어버리기로 한 사람. 반드시 뒤돌아보지 않는 사람. 그날 강물에게 느껴지던 씩씩한 슬픔을 나는 아직도 잊지 못한다. 돌아가는 길에 "다린아, 나 진짜 너무 힘들었어." 하고 말하는 강물에게 나는 "응. 너 정말 용감했어."라고 대답했다. 그것은 강물과 나의 대화이기도 했지만, 나와 나의 대화이기도 했다.

나를 이루던 것들이 나를 떠나가거나 그들로부터 내가 떠나야 하는 순간이 있다. 그럴 때면 나는 어쩔 수 없다는 걸 알면서도 무언가 도둑맞은 것처럼 슬퍼졌고, 내 마음은 덩그러니 남겨진 채, 마치 떨어지는 물병 속의 물처럼 세차게 흔들렸다. 기울어지는 마음을 따라서 과거의 기억들이 마구 튀어나와 내 머릿속을 이리저리 굴러다녔다. 널브러진 기억을 정리하려고 보면 시간에 산화되어 이제는 읽지 못하게 된 것들이 있었고 그럴 때면 나는 더욱 혼자가 된 것을 실감했다. 우리라는 건 나만이 가진 기억으로 완성되는 것이 아니기 때문이다. 우리를 영영 잃어버렸다는 생각에 나는 버려진 것 같았고 스스로를 웅크려 안으며 슬퍼했다. 그렇게 온몸이 슬픔의 소리를 내며 떨릴 때, 파동과 함께 펼쳐진 내 마음의 지평선 너머로부터 나를 향해 나란히 줄지어 서 있는 내 안의 작은 사람과 더 작은 사람, 그보다 더 작은 사람들을 볼 수 있었다. 그들은, 강물의 울음소리를 듣기 전까지 폭우 속에 머물고 있던 나처럼, 자신들 각각의 슬픔 위에 서 있었다. 무언가가 나를 떠날 때마다 생겨난 나의 마트료시카들. 그들의 발아래엔 사라지지 않고 그 자리에 계속해서 '있는', 얼지 않는 슬픔이 잠들어 있었다.

그렇게 줄지어 서 있는 수많은 내가 슬픔의 폐허에서 떠나지 않고 남아 있는 까닭은, 그곳이 폐허가 되기 전의 모습, 너와 내가 이루고 있던 것들, 그리고 남겨진 자신들에 대한 유일한 목격자가 결국 '나'이기 때문일 것이다. 그렇게 '나의 슬픔'은 누구도 드나들 수 없는 지도엔 없는 외딴 섬이 되어 내 안에 남겨지고, 부서지지 않는 새로운 한 겹의 마트료시카가 되어 나를 더욱 단단하게 확장시킨다. 우리는 그렇게 생겨난 가장 바깥의 얼굴로 세상을 만나게 되는 것이다.

가끔은 부어오르는 단단한 마음의 겉으로 인해 우리 안에 있는 지난날의 슬픔들이 외치는 소리를 듣지 못할 수도 있다. 저기 기억 아래로부터 희미하게 들려오는 그 소리가 어느 늦은 밤 창문 너머로 들려오는 소음처럼 귀찮게 여겨질 수도 있다. 그러나 우리가 그 소리를 외면하지 않고 우리의 마트료시카를 열어야만 하는 이유는, 우리가 그 소리를 정확히 듣기로 하는 순간 우리 안의 마트료시카는 자신과 닮은 또 다른 이의 슬픔의 소리를 듣게 될 것이고, '내가 아니지만 나와 닮은' 그들의 얼굴이 슬픔 속에서 헤매던 자신의 얼굴과 다르지 않음을 알기에 우리는 이제 그 소리를 향해 걸어가야 한다고, '저기에 아직 웅크려 있는 사람이 있다'고 외칠 것이기 때문이다. 그때 나와 당신의 슬픔의 소리는 같은 주파수로 공명할 것이고, 슬픔의 소리를 따라 걸어간 곳에서 마침내 우리가 만날 때, 우리의 지난 슬픔 속 작은 사람들은 기나긴 폭우를 뚫고 함께 뛰쳐나올 것이다.

저기 사람이 있다

종종 음악은 무엇일까 생각해본다. 아주 어릴 적엔 베토벤이나 쇼 팽처럼 아무도 들어갈 수 없는 궁전 같은 사람들이 음악이라고 생각했다. 나는 그들을 궁금해하며 악기를 다루었고 조금 머리가 컸을 땐 무지의 두려움과 혼란 속에서 나를 지킬 수 있게 하는 명료한 규칙과 기호들이 음악이라고 생각했다. 시간이 지나 방치된 눈물이 마음 안에서 굳기도 한다는 것을 알게 된 후로는 그것이 석주가 되는 것을 기다리며 지켜보는 마음이 음악이라고 생각했다.

요즘에 들어서는 음악은 '마주앉는 일'이 아닐까 생각한다. 서로의 소리를 듣는 일. 지금 내가 마주 보고 있는 마트료시카 안에서 말갛게 살아 숨 쉬고 있을 당신의 진짜 표정을 물어보는 일.

다린

2017년 9월 미니앨범 《가을》로 데뷔하였다. 이후로도 계속 노래하고 있으며, 최근 정규 1집 《숲》을 발매하였다.

저기 사람이 있다

박상 ✳ 소설가

아, 이게 무슨 소리니

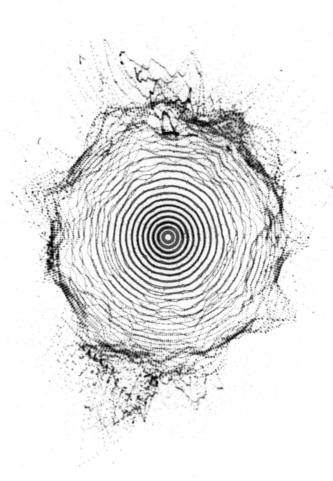

시끄럽다

나는 주민등록표 초본을 떼면 주소 변동 이력이 세 장 나오는 사람이다. 이사 다니는 건 분명 귀찮고, 힘들고, 돈 깨지는 일이며, 가급적 안 할수록 안락한 인생인 것 같은데 유목민처럼 옮겨 다닌 이유는 팔 할이 소음 때문이었다. 수입이 없어 보증금이라도 까먹으러 이사하거나, 곱등이나 지네의 침입으로 야반도주한 경우 등을 빼면 거의 시끄러워서 짐을 싼 것이다.

원하지 않았음에도, 나는 몹시 예민한 귀때기를 지녔다. 멀리서 누가 욕을 속삭여도 참 잘 들린다. 청력이 고감도라서 좋은 경우란 거의 없다. 알람시계 속에 사는 것 같다.

어처구니없다

여행지 숙소에 들어가면 짐을 풀기도 전에 냉장고 코드부터 뽑는 희한한 사람이 있던데 그도 바로 나다. 시원한 물 따위 안 마셔도 된다. 우웅~ 하는 냉각기 소음이 거슬려 체력이 낭비되기 때문에 그것부터 닥

아, 이게 무슨 소리니

치게 하고 가방을 끄른다. 에어컨도 마찬가지다. 더운 날씨에도 에어컨
이 낡아서 광광거리면 차라리 더위에 시달리는 걸 택한다. 솔직히 고문
같다는 생각이다. 더구나 청각신호를 수신하는 나의 멘탈은 약해 빠진
습자지 같은 걸로 만든 것 같다. 수신된 소음들의 분량을 감당 못해 쩔
쩔맬 때면 어처구니가 없다.

괭음이다

한번은 스트레스 심한 직장에 다니다 엉뚱하게 이사한 적도 있다.
퇴근하고 집에 오면 낡은 기계 돌아가는 소리가 계속 나는 것이었다. 끼
힝~ 끄아잉 하면서 뭔가 기름칠이 덜 된 쇠바퀴 같은 게 힘겨워하는 소
리였다. 침대에 누우면 그 소리는 끔찍한 괭음으로 느껴졌다. 나는 노
이로제로 환장해가다 직장도 때려치우고 이사했다. 멘탈을 복구하기
위해 고즈넉한 섬마을로 갔다. 그런데 자려고 누웠더니 똑같은 소리가
더 큰 데시벨로 나는 게 아닌가. 이런 시벨, 그건 이명이었다. 이비인후
과에 갔더니 비싼 치료를 권하던데 이사하느라 돈 떨어진 내게는 의사
가 부르는 금액이 더 괭음처럼 들렸다. 결국 치료받지 못했고 직장도 괜
히 때려치워 억울하기만 했다. 그 쇠바퀴 소리는 원고 마감 때 글이 안
써지면 반드시 또 들려오기 시작한다.

징하다

사는 곳이 저렴한 다세대 주택일 때가 많다 보니 거의 휴먼포비아
가 생길 정도로 이웃들이 만드는 소리에 정떨어져 이사할 때도 많았다.

옆방에서 방귀 뀌는 소리가 나면 내가 뀌었나 의심할 정도로 방음이 안
되는 곳들이 대부분이었다. 그럼에도 어떤 인간들은 타인을 배려하지
않고 발 망치를 찍고, 가구를 우당탕 끌고, 음악이나 TV를 크게 틀고,
섹스를 하고, 싸우고, 지랄하고, 고함치고, 울고불고한다. 꽤 인구밀도
가 높은 나라라 할 수 없지만 층간 소음, 벽간 소음에 시달리며 살다 보
면 사람이란 얼마나 무심히 피해를 뿜어대는 존재인가, 싶어 인간애가
휘발되고 만다. 집 앞에 편의점이 있는 경우엔 가까워서 좋겠네, 했다가
밤이면 밤마다 파라솔에 앉아 술 마시며 떠들어 젖히는 취객들의 잡담
에 고통당했다. 술 마시는 이들의 말본새는 꽤 일정하다. 에이 뭐 어쩌
고저쩌고 기억 안 나냐, 과장된 화법을 쓰다, 과장된 웃음을 터트렸다
가 과장된 분노를 폭발하는 패턴이다. 그 소리를 계속 듣다간 문장에
과장법을 남발할 것 같아 짐 싸서 이사 가자마자 다음 날 집 앞에 포장
마차가 생겼다. 거, 아무 징후나 전조 없이 주택가에 갑자기 포장마차
열면 반칙 아닌가? 포장마차 소음은 편의점에 비하면 애교였다. 야외 테
이블을 깔더니 돌비 서라운드로 질 좋은 개소리를 생산해댔다. 아무래
도 운명의 신이 나를 약 올리며 재미 보는 것만 같았다. 왕복 6차로쯤
되는 대로변에 살 때는 차 소리의 폭력성에 의식이 혼미해지면서 많은 의
문이 생겼다. 우리나라 교통문화도 많이 성숙한 것 같은데, 경적을 사
용할 일이 아직도 저렇게 많은 걸까. 내연기관 엔진 소리는 어쩌면 그토
록 둔탁하고 날카롭고 신경질적인 폭발음일까. 오토바이들은 왜 주문
하지도 않은 소음을 고막 앞에 배달하고 다닐까. 다시 이사 가면 집 앞
에 휴대폰 가게가 생겨 끝없이 음악을 틀고, 또 이사 가면 외로운 반려

아, 이게 무슨 소리니

동물의 처절한 울음소리…. 어휴 징하고 징했다.

우는 소리다

그러다 강원도 어느 바닷가로 내뺐다. 소음꾸러기 도시를 떠나면 딱 해결될 줄 알았다. 그러나 파도 소리가 그토록 웅장한 저음일 줄은 몰랐다. 파고가 높은 날이면 방이 쿵쿵 흔들릴 정도였다. 집에서 수영복 입고 나가 바다에 뛰어들 수 있는 집인 건 좋았는데 철썩철썩 하는 소리 때문에 늘 따귀를 맞으며 사는 기분이었다. 모텔 야간 당번을 하며 월세를 냈기 때문에 낮에 꼭 숙면해야 했는데 자연에게 자비란 없었다. 덕분에 출근해서 졸음과 싸울 때면 지옥의 형벌을 받는 것 같았다.

방음 연습실, 상가 지하실 등등 소음으로부터 자유로울 수 있는 곳이라면 죄다 기어들어가 살아봤지만 그나마 건물 꼭대기 옥탑방이 가장 괜찮았다. 덥고 춥고 수압 낮고 좁아터진 것 따윈 문제가 아니었다. 좀 독립적인 구조의 옥탑에서는 내가 기타를 치든 술 먹고 뱀 쇼를 하든 다른 집에 피해가 가지 않는 장점도 있었다. 그런데 옥탑의 단점은 계단 때문에 무릎이 나간다는 점이었다. 신은 내게 고성능 청력을 주고 무릎 관절은 싸구려를 끼웠나보다. 하여간 나를 울렸던 소리들에 대해 다 쓰자면 지면이 모자랄 테니 우는 소리는 이만해야겠다.

대책이 필요하다

나는 소음에 시달리며 살아온 인생이 쪽팔려 원인 분석을 시도해

보았다. 어쩌다 이걸 못 참는 인간이 된 걸까? 전생에 꽹과리 치고 나발 불면서 약 팔러 다녔던 걸까? 내가 입힌 소음 피해만큼을 현생에 돌려받도록 되어 있는 시스템인가. 그런 카르마는 잘 모르겠고, 이렇게 잘 들릴 거면 뮤즈의 속삭임이나 좀 선명히 들리던가. 이 글을 여기까지 읽은 분들은 이미 눈치 채셨겠지만 아름다운 문장을 못 쓴 지 너무 오래다. 반대로 글이 안 써져 소음 핑계를 대다 소머즈 같은 초능력이 생긴 건지도 모르겠다.

어쨌든 내 기준에서 소음 아닌 소리란 거의 없으니 남들이 내는 소리에 대해 관대한 기준을 두려고 무조건 노력하는 게 옳아 보인다. 내가 특이한 거니까 나를 고쳐야 견딜 수 있을 거다. 생명체의 생존을 위한 최소한의 소리에 대한 기준을 바꿔야 한다. 이젠 이사 다니기도 지쳤고 돈도 정신력도 고갈됐기 때문이다. 귀마개를 이십사 시간 끼고 살더라도 내 기준치를 억제하지 않으면 답이 없는 것이다.

이 글은 어느 똥구멍만 한 원룸에 이사 와서 쓰는데, 코로나로 알바 자리를 잃었기 때문에 주거지 퀄리티를 대폭 삭감하는 초강수를 썼으나 이곳의 옵션 냉장고가 유독 다른 집에 비해 낡고, 소리가 심각하게 크다는 걸 이사 끝난 지 십 초 만에 알게 되었다. 주방 분리형보다 월세가 조금이라도 싸서 오픈형에 왔는데 책상과 냉장고가 침대가 다다다닥 붙어 있다. 그래도 이젠 더 이상 이사 갈 데가 없다. 냉장고가 가동될 때마다 깜짝깜짝 놀라지만 여기서도 살지 못하면 갈 데가 없는 코너에 몰렸기 때문에 대안은 없다. 카드 한도도 간당간당한 지 오래다. 냉장고를 끌 수도 없다. 나가서 사 먹을 돈도 없는데 먹이를 보관할 곳이 없으면 곤란해지기 때문이다. 그러나 이 집은 보증금 백만 원에 월세 이십만 원이다. 망한 자에게 희망을 주는 금액 아닌가! 많은 것을 견디게 해주는 금액이 아닌가! 나는 냉장고 소리가 떡~ 꽈아아웅 하고 울릴 때마다 이 착한 임대료를 상기하며 견딘다. 그럼 마음이 누그러진다.

로또에 걸린다

이 방법은 사실 소음뿐 아니라 꽤 많은 문제들의 궁극적 해결을 돕는 전가의 보도 아닌가. 내 모든 소음 스트레스는 내 경제 상태와 비례했다. 통장에 십만 원이라도 있을 때는 소음이 나도 크게 신경 쓰이지 않았고, 십 원도 없을 땐 소음이 절대적인 패악이 되는 것이었다. 고통의 크기는 마음의 여유와 비례하는 것 같다. 그러니 로또에 걸리기만 하면 뭐 공사장 한복판에서도 시끄러워하지 않을 것 같고, 돈 많으니까 외따로 한적한 집을 구해 방음 시설을 갖추고 살 거고, 최고급 노이즈캔슬링 헤드폰도 살 수 있을 거고…. 어우, 상상만 해도 좋지만 좀 더 실현 가능성 높은 대안도 찾아보는 게 좋겠다.

좋았던 소리로 물타기한다

달콤했던 기억을 떠올리며 참아보는 거다. 바이칼 호수 밑바닥에 가라앉아 있다고 명상하면서 멘탈을 좀 이완하면 되는 거다. 괴로운 소리에 시달릴 시간에 내가 기억하는 좋은 소리들을 자꾸 소환해보는 거다. 시베리아의 자작나무 숲 사이를 지나가던 바람 소리, 터키의 새벽 어스름과 함께 들려온 경건한 아잔 소리, 유럽 시골 마을 성당 점심시간

박상

종 때리는 소리, 박상 오빠 스쳐보면 참 잘 생겼다 등등 듣기 좋은 소리들도 얼마든지 있는 것이다. 그런 기억들로 보호막을 치고 현재의 소음을 튕겨내는 것이다. 이 방법은 상당히 효과적인데 다른 태도도 같이 이완되어버리는 단점이 있다. 마감일 때도 긴장하지 않다가 원고를 펑크낼 뻔한 적도 있었다.

인간에 대한 이해를 높인다

최근에도 시끄러운 이웃을 많이 만났다. 옆집에서 듣는 음악이 내가 딱 싫어하는 장르라 참다못해 이사했더니 이번에는 옆집이 만날 홈파티를 한다. 이건 피할 수 없는 일 같다. 가진 재산이 귀여워서 만날 원룸촌 공동주택에 사는 주제에 시끄러운 이웃이 한 명도 없기를 바란다는 건 인간에 대한 이해가 부족한 것이다. 한 층에 예닐곱 개 원룸이 있는 사 층짜리 건물에 사니까 이 안에 서른 명 정도가 거주한다고 추정할 수 있다. 세상 어디를 가도 서른 명 정도가 모이면 그중에 이상한 사람, 시끄러운 사람이 껴 있을 수밖에 없지 않을까. 다 수도승처럼 산다면 그게 기적인 거다. 당연한 확률을 인정해야 하는 거다. 이 글을 쓰는 지금 새벽에도 옆방 애들은 복도가 쩌렁쩌렁 울리도록 떠들며 술을 마신다. 저 정도로 개념이 없으면 풀 볼륨으로 항의해도 왜 그러는지 모를 것 같다. 하지만 소리를 내는 그쪽이나 소리를 못 견디는 나나 둘 다 절대적 선도 악도 아니다. 우리는 공통적으로 부족한 인간일 뿐이다. 예전에는 내가 좀 더 보편적인 이성과 예의를 지녔다고 판단해 소음쟁이들한테 액션을 취했던 때가 있었다. 결과가 몹시 나빴던 경험이었다. 내 창문 앞

아, 이게 무슨 소리니

에서 종일 술 취해 고성을 내는 또라이를 건드렸는데, 조용히 좀 해달라고 호소해도 듣는 척도 안 해서 경찰에 인근소란으로 신고했더니 이웃끼리 왜 그러시냐며 방조했고, 그 뒤로 나를 원수로 정한 주정뱅이의 집요한 보복에 못 이겨 그 집을 떠나야 했다. 그런 삽질을 하지 않으려면 관대하게 상대성을 인정하는 수밖에 없다. 소음에 취약한 건 남이 알 수 없는 내 사정인 것이다. 나와 남이 다르다는 걸 인정하는 게 인간에 대한 이해의 첫걸음 아닌가.

개떡 같은 설정을 하거나 이타심을 극대화한다

그렇지만 내가 낮춰놓은 기준마저 오버하는 데시벨이 있다. 소음 앞에 군자는 없다. 격한 반발심이 이성을 압도하며 찢고 나온다. 하지만 내가 깊은 산속에 이십 년간 유배되어 살다 왔다고 설정해 보는 것이다. 청설모 똥 싸는 소리나 이십 년 듣다가 돌아오니, 사람들 사는 곳의 복닥거리는 소리가 정말 그리웠던 고향의 소리처럼 느껴질 것 같다. 좋게 생각하면 얼마나 좋나. 이 인간 마을의 원룸촌에서 들려오는 인기척과 술 처먹고 떠드는 소리란 산속에서 정말 그리워했던 문명의 한 장면처럼 느껴질 것 아니냐.

그래도 사람이 내는 소리에는 그 사람의 성정이 담겨 있어 문제다. 쿵쿵거리는 소리. 코 고는 소리, 신음소리들도 모두 다른 뉘앙스를 품고 있다. 조심했지만 실수로 내버리고 만 소리와 아무런 조심성도, 소음을 만들고 있다는 인식도 없이 내는 소리는 차이가 크다. 어떤 소리는 시비 거는 것과 다름없게 들리기도 한다. 상대가 나를 배려하지 않으면

박상

나도 배려할 수 없다. 이곳은 다른 인간과 함께 사는 공간이라는 걸 모를 정도로 멍청하면 따끔하게 알려줄 의무도 있다. 하지만 내가 이타심을 발휘해 통 크게 봐줘야 저들이 자유롭게 떠들 기회라도 있을 것 아닌가. 옆집에 나 말고 격투기 선수가 이사 와서 떠들지 말라고 하면 조용히 살 것 아닌가. 내가 착해서 좋은 기회를 주는 거잖냐. 늘 빈곤한 우울과 무기력 속에 살아가지만 나는 최소한 타자를 배려하는 이타심만은 놓칠 수 없다. ─고 생각하며 견딘다.

경전으로 멘탈을 휘떡 뒤집는다

내가 이사하고 나면 진상 이웃이 바로 옆이나 위에 이사 오는 머피의 법칙은 피할 수 없다. 이 악조건과 비운을 즐겨야 한다. 그러나 내 귀때기 센서를 끄는 기능 따위 없어서 절망해갈 때 갑자기 혹 들어온 답도 있었다. 귀보다는 마음의 센서를 조절하는 법이었다. 이웃의 소음 때문에 이어폰을 꽂고 SNS를 보다가 지인이 올려놓은 「보왕삼매경」의 몇 구절을 보다가 현자에게 센터를 정통으로 까이는 것 같은 깨달음이 들어왔다. 소음을 듣는 건 나다. 내가 있어야 그걸 듣는 나도 있다. 나라는 존재에 대한 자기애가 나에게 오는 고통을 증폭시키는 거다. 이게 뭐야? 이걸 몰랐네? 아니, 나라고 할 만한 것도 없는데 그 별것도 아닌, 개떡 같은 소설이나 쓰는 사람이 주변 소리 좀 시끄럽다고 무슨 앙탈을 부려 왔던 것인가. 나 자신 따위 없다고 생각하고 무아의 경지에 이르면 소음공해 한복판에 던져져도 꽤념치 않게 되는 것 아닌가. 듣고 반응할 존재성도 귓구멍도 없는데 무슨 소리가 시끄러울 수 있단 말인가. 이건

아, 이게 무슨 소리니

너무 확실한 대책이라 눈물이 줄줄 흐를 뻔했다. 깨달음이 오고 나자 이어폰을 빼도 소음이 전혀 고통스럽지 않게 느껴졌다. 초월한 것이다. 이 책의 주제인 '나를 울린 소리'는 결국 지혜가 담긴 경전의 소리였던 것이다. 그런데 불교 신자도 아니고, 경전에 대한 이해도 미천하면서 이 쪽지의 결론을 이렇게 내도 되나, 염려하고 있을 때 문자메시지 수신음이 들려왔다.

다 필요 없다

'아앗, 이 소리는?'

내 고성능 청각으로 들으면 똑같은 문자메시지 수신음도 다르게 들린다. 돈 같은 게 들어오는 소리는 뉘앙스가 긍정적이고 퍽 명랑하다. 스팸 문자의 질척하고 탁한 알림음과는 너무 다르다. 이 차이를 어떻게 설명할 수 있을지는 잘 모르겠지만 하여간 그렇다.

'이건 뭔가 입금되는 소리다!'

당장 휴대폰 화면을 상판대기 앞에 비춰보니 최근 출간한 장편소설 첫 인세가 꽂힌 것이었다. 돈 떨어져서 떨고 있었는데 눈물이 뚝 떨어졌다. 아아, 이것이야말로 진정 나를 울리는 소리가 아닌가! 나를 울리려면 이 정도 소리는 내줘야 하는 것 아닌가! 돈 입금되는 소리가 이 말도 안 되는 문맥으로 된 산문의 결말까지 잘 맺을 수 있게 해주는 훈훈함이란! 방금까지 무아니 경전이니 했던 심오한 얘기는 다 뭐가 되나 싶지만 알 게 뭐야. 돈이 들어왔다고, 돈이!

박상

박상

2006년 신춘문예로 등단했고 단편소설집『이원식 씨의 타격 폼』을 냈고, 장편소설『말이 되냐』, 『15번 진짜 안 와』, 『예테보리 쌍쌍바』등등 제목만 봐도 왜 망했는지 알 수 있는 책들을 줄줄이 출간했다. 반면 에세이집이라면 어떨까, 하고『사랑은 달아서 끈적한 것』이라는 책을 냈다가 또 망하고, 부끄러워 하다 최근에 다시 용기를 내 장편소설『복고풍 요리사의 서정』을 출간했다.

49

아, 이게 무슨 소리니

권효현 ✳ 방송작가

소공녀

1.

"이번엔 소리에 대해서 한번 써보면 어떨까?"

"소리?"

"응. 뭐 층간소음, 음악 소리, 연인들 싸우는 소리…
그냥 우리 생활 속 많은 소리 중
날 울리는 소리는 뭔지 들어보는 거지."

그래서 쓰게 됐는데, 날 울리는 소리는 뭘까.
당연히 지나간 사랑이 생각나는,
나의 플레이 리스트를 빼놓을 순 없을 테고,

소공녀

버스에서 꼭 몇 년 전 나 같은 모습을 한 2% 부족한 애가
허겁지겁 달려와 카드를 찍었는데,
하필 나는 소리가
"잔액이 부족합니다."라거나.

이제 로그인 좀 하고 싶은데
모니터에는 "로봇이 아닙니다."라는 문구만 계속 뜬다거나.

한잔만 더하고 싶은데
"손님, 문 닫을 시간입니다."라거나….

생각할수록 너무 슬퍼서 못 쓰겠다.

이 세상엔 '날 울리는 소리'투성이다.

2.

며칠 전 피드를 올리다가 말하는 걸 보고 그 사람의 인격을 알 수 있다는 장문의 글을 본 적이 있다. 고개를 끄덕였다. 그리고 어느 날 다른 사람의 페이지에는 품격으로 사람을 나누는 거야말로, 격 떨어지는 행동이라는 글을 봤다. 또 고개를 끄덕였다. 글과 말로 표현을 하는 시대가 됐고 사람들은 글과 말로 그 사람을 바라본다. 이걸로 먹고 살지만, 날이 갈수록 글과 말이 싫어지는 세상. 자주 후회하는 중이다.

권효현

단막극 〈귀피를 흘리는 여자〉를 봤다. 설정이 좀 극단적인데, 드라마의 소개는 이렇다. 어느 날 듣기 싫은 소리를 들으면 귀에서 피가 나는 여자 수회를 주인공으로 이야기가 시작된다. 수회의 직장 상사들은 하나같이 귀에서 피가 흘러도 이상하지 않을 만큼, 아무렇지 않게 언어폭력을 행사한다. "게으른 여자들은 맞아야지." 이 말은 수회가 점심시간에 도시락이 아닌 컵라면을 먹자 상사가 하는 말이다. 미친놈인가, 뭐 이따위 말이 다 있을까, 요즘 같은 세상에서 이런 극단적인 말을 하는 사람은 많지 않지만, 생각해보면 나도 이런 비슷한 종류의 언어폭력을 들은 경험이 있다.

20대 때 좋아했던 여자 선배가 있었다. 말주변이 없는 나와 달리 누구 앞에서도 자기주장이 강했고, 일과 인간관계, 사회생활 그냥 모든 게 완벽한 선배였다. 그런 사람이 나를 좋아했고, 어느 늦은 밤 우리집 앞까지 와서, 자기와 함께 다른 방송사 프로 일을 해보지 않겠냐고… 너만 있으면 더 좋은 프로그램을 만들 수 있을 것 같다고… 날 높게 평가해줬던 선배였다. 지금 생각해보면 그때의 나는 좋게 말해 순수했고 솔직하게 말하면 멍청했다. 그래서 결국 선배를 따라갔는데, 글의 분위기상 결말이 그렇듯 뒤통수를 제대로 맞았다. "사회생활하는 여자가 임신하면 끝났다고 봐야지." 이 말은 여자 네 명이 함께하는 점심시간에 내가 들은 말이었다. 몇 개월 뒤 나는 팀에서 자연스럽게 내쫓기듯이 팽당했다. 임신했다는 이유로.

다시 단막극 얘기로 돌아와서, 극 중에서 가장 인상 깊었던 장면을 꼽으라면, 수희가 남자친구를 만나러 가서 하는 독백이다.

"그래도 남자친구랑 있을 땐 귀피를 흘릴 일이 없어.
왜냐면 우리는 대화 자체를 안 하니까."

밥 먹으러 가서 본인을 보지 않고, 게임만 하는 남자친구를 보며 담담하게 내뱉는 수희의 독백. 다행히 남자친구를 만나면 귀피를 흘릴 일이 없다고는 하지만, 그렇다고 해서 수희는 행복할까. 무관심이라는 공기에는 아무 향기도, 소리도 들리지 않는다. 내게도 그가 말로 표현할 수 없을 만큼 사랑한다고 내뱉었던 시절이 있었는데, 그 시절은 분명 시절이란 걸 알았지만, 내 몸 저기 어딘가 깊숙하게 숨어, 계속 울리고 있어서, 알면서도 나는 오랜 시간 그를 놓아주지 못했다.

언젠가는 내 귀에서도 듣기 싫은 소리가 들리면 피가 났으면 좋겠다. 그러다 생각한다. 이렇게 글을 쓰고 있는 나는, 얼마나 예쁘고, 따뜻한 마음을 가졌다고, 이런 주제로 모니터 앞에서 키보드를 두드리고 있을까 하고. 그리고 이런 내 모습은 또 누군가를 소름 돋게 하는가 하고…. 날이 갈수록 글과 말이 싫어지는 세상. 그래서 오늘도 후회했다.

권효현

요즘 서점에 가면 품격이란 타이틀이 자주 보인다. 말의 품격, 음식의 품격, 운동의 품격…. 모든 것들의 끝에는 품격이란 단어가 붙어 있다. 당신들이 말하고 싶은 품격은 무엇인지 매우 궁금한데, 너무 많아서 읽어볼 수가 없다. 너무 배고프고 나의 하루는 피곤하며 졸리다. 이제 그만 자고 싶다. 마음에 소리가 있다. 내가 아는 가장 오래 간직할 수 있는 소리는, 마음을 통해 나온다.

3.

잠을 제대로 잔 적이 언제인지 모르겠다. 오후 한 시부터 일을 시작해서 새벽에 끝나는 라디오 일을 할 때가 있었는데, 그때는 9시에 출근해서 6시에 퇴근하면, 그래도 조금은 삶의 질이 높아질 줄 알았다. 그럼 정상적인 삶을 살 수 있겠지… 좀 달라지겠지… 했지만, 삶의 질은 시간과 상관없는 걸 알고 있었으면서 왜 쓸모없는 기대를 했을까. 여전히 나의 삶은 별반 다를 게 없다.

내가 생각하는 삶의 질이 가장 높았을 때는 나의 부모님, 가족과 온전하게 함께 살았을 때다. 나는 아버지를 닮아서 잘 마시지도 못하는 술을 좋아하는데, 예전에 같이 술을 마시다가 아버지가 울면서 하셨던 말씀이 남아 있다.

소공녀

오래전 우리 가족은 아주 작은 단칸방에 살았다. 침대도 없는 한 방에서 아빠 엄마 언니 나 딱 붙어 나란히 자고 있을 때쯤, 아빠가 새벽에 화장실에 가려 잠깐 일어났는데 내 모습을 보고는 순간 멈칫, 그리고 눈물이 왈칵 나왔다고 한다. (참고로 우리 아빠는 내가 아는 남자 중 가장 감성적이고 여리며 눈물이 많다.)

이유는, 아빠에게 누구보다 천사 같고 사랑스러운 막내딸의 작은 입술 위에 자기 손만 한 바퀴벌레가 살포시 앉아 있었다는 거다.

그 모습을 보자마자 내가 아는 남자 중 가장 감성적이고 눈물이 많은 아빠는, 오늘 받아 마신 호프가 역류하는 느낌이었고, 내가 왜 그 술값을 계산했으며. 오늘 내가 회사에서 내가 왜… 씨… 등등…. 많은 생각이 들어 눈물을 삼켰다고 한다. 그 조용한 새벽. 아빠는 두꺼운 손으로 자고 있던, 당시 여섯 살인 내 입을 때렸고, 영문도 모르는 엄마는 그런 아빠를 술주정 부리는 줄 알고 때리고, 언니는 울면서 엄마 아빠를 말리고, 이유를 모르는 억울한 여섯 살인 난 눈물 콧물을 쏟으며 울었다.

"아빠는 그래서,
이 얘기를 왜 자꾸 하는 건데?"

"딸,
그 와중에 아빠 안아줘서 고마웠다고."

권효현

이상하게 손발은 오그라드는데,

이상하게 심장은 커지고,

막 눈물이랑 심장이랑 엉켜서 말도 안 되게 난리가 났는데,

울면 안 될 것 같은 세상 말도 안 되는 기분.

이 어려운 기분을 참는 법. 이날 배웠다.

갑자기 '오래전'이란 단어와 '아빠', '단칸방' 이런 단어들이 나왔다고 해서, 이 얘기가 슬프다거나 우울한 얘기는 아니다. 아주 오랜 시간이 지난 몇 년 뒤, 우리 가족은 돈을 모아 (온전히 아버지의 힘으로) 큰 집으로 이사를 갔는데, 마당에 잔디를 너무 많이 심어 이전 집에 살 때보다 개미가 더 득실거렸다.

고등학생이 되기 전까지 하루도 빠짐없이 아빠에게 화를 내며 도대체 뭐하는 짓이냐며 매일매일을 울었던 기억이 있다. 그곳에서 30년을 살았고 사랑하는 남동생이 태어났다. 지금은 재개발 때문에 흔적도 없이 사라진 곳, 가끔 방 청소를 하다 앨범에서 만나는 그날의 행복들은, 꿈에서조차 만날 수 없다. 그리고 이 글을 쓰는 와중에 알아버렸다. 그 새벽 아빠의 나이는 고작 서른두 살이었다.

소공녀

4.

마지막으로,
방송 원고가 아닌 글을 쓰게 된다면,
남자 사랑 타령 한번 해보고 싶었다.

그런데 지금 내 앞에 사랑이 없으니 뭐라 써야 할까….

나의 사랑, 요즘 내 주위의 타령들은 말이야.

"그 남자 또 바람 폈데."

"나 이혼해."

"오피스 와이프야."

"애 때문에 사는 거지."

이뿐이다.

권효현

참 우스운 게,

이렇게 쉽게 오고 가는 대화 속에 나와 당신의 얘기도 있다.

나에게 지나간 사랑은 슬프다.

사랑을 원했지만 어떤 의미가 될까 두려웠던 사람이 있었다.

당신.

당신만큼 날 울리는 소리가 있을까.

우리는 가을에 만났었다.

만약, 나의 계절에 목소리가 있다면

가을은 분명 당신의 목소리일 것이다.

권효현

방송작가. 지금은 〈JTBC 사건반장〉에서 방송을 만들며, 세상의 여러 모습을 배우고 있다. 밤이면 책상 앞에 앉아, 아무도 듣지 않는 내 이야기를 느린 문장으로 쓰는 것을 좋아한다.

소공녀

김안 ＊ 시인

소리, 반복, 일상, 망각

1.

"으음, 으음."

아침마다 잠을 깨우는 소리다. 처음 이 소리에 잠이 깼을 때는, 그것이 꽤나 불편했음을 말해야겠다. 아침 7시가 되면, 맞벌이를 하는 우리 부부 대신 딸아이를 유치원에 등원시키기 위해 아버지와 어머니가 함께 오신다. 현관문 열리는 소리, 부스럭부스럭 옷 갈아입는 소리, 화장실 불을 켜고 손을 닦는 소리 등은 잠깐이면 멎지만, "으음, 으음." 하는 이 소리는 연달아 들려온다. 쉬지 않고 반복되는 소리. 나는 이 소리에 대해 아무런 감정이나 의미를 넣지 않으려고 마음을 다잡고 일어난다. 이 소리를 내는 이는 치매 판정을 받은 지 2년이 되어가는 아버지다. 그는 잠시도 쉬지 않고 "으음, 으음." 하며 소리를 낸다. 문자로는 어떤 소리인지 정확하게 표현할 수 없지만, 그래도 덧붙이자면, 소리의 끝 음정이 약간 올라가는데, 마치 어린아이를 어르는 듯한, 혹은 무언가를 힘주어 움켜쥘 때 성대 안쪽에서부터 나오는 깊은 감탄사에 가깝다. 문제

소리, 반복, 일상, 망각

는 그 소리를 쉬지 않고 계속 낸다는 데 있다. 어느 날엔가는 어머니가 짜증 섞인 어투로 "왜 자꾸 '으음, 으음' 하는 거야?" 하고 물으니, "몰라, 자꾸 나와."라고 하신다. 자신도 인지할 수 없는 상황. 치매. 소리. 반복. 신경정신과 의사에게 물어보니 본인이 인지하지 못한 채 내는 것이 당연하다고 한다. 그게 치매니까.

이 소리가 처음에는 불편했다고 말했으나, 보다 정확하게 표현하자면 불쾌에 가깝다. 물론 이 불쾌는 어떤 공포를 품고 있을 수도 있고, 짜증을 품고 있을 수도 있고, 어떤 결핍을 품고 있을 수도 있다. 그래서 어떤 의미도, 연민도, 아니 아무런 감정도 부여하지 않기 위해 매일을 애쓴다. 하지만 내게 하루의 시작을 알리는 이 소리는 아버지의 기억이 서서히 사라지고 있음을, 언어가 아닌 형태로 말하고 있다. 그리고 그것이 내게도 마찬가지로 이어질 수 있음을 경고하고 있다. 그것은 그래서 공포이다. 천성이 선한 사람들이야 이런 소리를 들으며 아버지에 대한 연민을 느낄 테지만, 나는 그렇지 못하다. 그리고 그것은 당연한 것이라 생각한다. 매일을 버티기 위해서는 연민도, 짜증도 아닌 무관심이 필요하다. 때로는 무관심이 마음을 지키고, 몸을 지키고 가족을 지킨다.

2.

흔히들 '도비'라 부르는 비계공. 아버지의 직업이었다. 현장의 일이 그러하듯 늘 새벽에 나가서 밤늦게 돌아오셨는데, 간혹 집에서 가까운 현장에 일이 잡힐 때면 출근하는 모습을 볼 수 있었다. 아버지를 무척

김안

좋아했던 유년 시절에는 출근하는 아버지를 창문으로 내다보며 "아빠, 안녕히 다녀오세요."라고 소리쳤다. 그 소리에 아버지는 뒤를 돌아보며 손을 흔들곤 했다. 그러면 나도 세차게 손을 흔들었다. 이제 아버지에겐 그 시절의 내 나이가 된 손녀가 있다, 출근하는 제 엄마와 아빠에게, 그리고 저녁이 다 되어서야 돌아가는 할아버지 할머니에게 있는 힘껏 "사랑해."라고 소리치는. 그러면 아버지는 조금 다른 톤으로 "으음." 하고 소리를 낸다. 아마도 자기를 향하여 소리를 지르던 아들의 인사에도 같은 소리를 냈던 건 아닐까.

그럼에도 지금 내게 필요한 것은 무관심이다. 그건 지치지 않기 위해서이기도 하다. 그래야만 이 망각을 위한 준비 단계가, 그리고 맞이할 명백한 망각이 일상으로 들어오게 된다. 의미 없이 무심하게 흘러가는 일상. 질서가 부여되고, 그 질서 속에 사람으로서의 감정을 망각해가는 일상. 아무렇지 않게, 아무렇지도 않게. 일상. 반복. 망각.

3.

화가 이중섭은 바닷가에서 천진하게 노는 아이들의 모습을 자주 그렸다. 단순하고도 굵은 선으로 그려진 아이들은 더없이 행복해 보인다. 식민지와 전쟁, 학살로 이어진 그 끔찍한 현실 속에서도 이중섭의 아이들은 행복하다. 행복하게 눈을 감고 있다. 눈을 감고 있어야만 행복했던 시절. 아니, 가족들에게는 그 현실을 보여주고 싶지 않았던 아버지의 마음. 그 감겨진 눈을 그린 획 하나, 하나. 눈을 감으면 소리가 다가온다. 소리가 더 커진다.

사춘기에 접어들면서 나는 눈을 감았다. 나는 아무 소리도 내지 않으려 했다. 늘 방문을 걸어 잠그고 혼자 있었다. 수많은 이유들이 있었다. 지금에 와서야 당시 내게 닥친, 아니 닥쳐 있다고 여겼던 문제들에 대한 지혜로운 해결 방법들이 보이지만, 지금의 내가 내 앞의 문제들에 허덕이듯 당시도 마찬가지였다. 눈을 감고 있었지만 행복한 표정은 아니었다. 눈을 감은 채로, 아무런 소리도 내지 않고, 아무런 소리도 듣지 않기. 그것은 물론, 제발 구해달라는, 내가 낼 수 있는 가장 큰 소리였다.

4.

결국 꾸준히 살아가게 된다. 살아 있기에 소리를 내야 한다.

5.

테렌스 데 프레가 아우슈비츠 생존자들과의 대담을 통해 극한의 상황 속에서 작동하는 인간의 근원적인 본성에 대해 쓴 『생존자』에 널리 알려진 일화가 있다. 상황에 대한 낙관 속에서 희망을 버리지 않던 사람들보다 고통스럽고 비관적인 현실을 직시하면서도 인간으로서 기본 위생을 지키던 사람들이, 인간으로서의 존엄성을 지키려던 사람들이 결국에는 더 많이 살아남았다는 것.

몸이 극도로 쇠약해진 사람들은 자기가 누워 있는 자리에서 그대로 배설하고 만다. 그리고 끝내 건강을 회복하지 못한 사람은 자신의 배설물 속에 찌들어 죽게 된다. 어떤 사람들은 가스실에 가기도 전에 죽어버리고 말았다. 그들은 대개 자신의 배설물로 뒤범벅이 되어 있었다.

— 테렌스 데 프레, 『생존자』에서

화장실조차 없던 수용소. 그는 나치가 수용소에 화장실을 만들지 않은 것은, 서로가 서로를 혐오하고, 그리하여 협동하지 못하게 하기 위해서였다고 덧붙인다.

"으음, 으음."

다시 들리는 소리다. 그리고 붙잡을 수 없는 것들이 있다. 그렇다고 가만히 두어야 할까. 그렇게 할 수 있는 것은, 이 소리를 내는 이의 능력 너머의 일이다. 본능적으로 잡으려고 손을 뻗치는 것, 그게 아직 살아 있는 것이고, 살아 있음의 의지다. 내가 할 수 있는 것은 이 붙잡을 수 없는 것을 향해 손을 뻗치는 모습을 지켜보는 것이다. 자칫 거기에 내 마음을 더하게 되면, 그 마음보다 서너 갑절의 절망이 올 것이기에, 나는 내가 볼 수 있는 이 순간들을 최대한 연장시키기 위해 가만히 지켜본다. 경험을 의미로 만들기에, '지금'의 구조는 칼끝과 같다.

아버지가 입원해 있을 적에 수술 후 섬망으로 몸과 마음을 잘 가누지 못하던 시기가 있었다. "으음, 으음." 하는 소리에 물으니 소변이 급하다고 한다. 침대 밑 오줌통을 준비한다. 바지춤을 내리고 아버지의 성기를 잡는다. 거칠게 통을 채우는 소변 소리가 조용한 병실에 울린다. 소리와 냄새가 퍼진다. 섬망이 조금 가신 언젠가는 화장실에 다녀온 아버지의 표정이 심상치 않다. 화장실 문을 열어보니 바닥에 배설물이 흩뿌려져 있다. 그것들을 물로 씻어내고 아버지를 다시 오게 해 씻긴다. 샤워기에서 물이 쏟아지는 소리. "으음, 으음." 하는 소리. 소리와 냄새.

6.

나는 수영을 못한다. 물에만 들어가면 가라앉는다. 그래도 수영을 할 때 가장 중요한 것이 부력이라는 것은 알고 있다. 인간의 몸에서 부력이 모여 있는 곳은 폐가 있는 가슴. 가슴속 부력을 통해서 떠오르고 헤엄쳐 나아가는 것이다. 그것은 심장의 일이 아니다. 심장이 먼저 세차게 뛰기 시작하면 온몸이 가라앉는다. 몸속으로 들어간 물은 침과 콧물과 함께 쏟아져 나온다. 물이 배설물이 된다. 심장이 아닌 가슴으로 균형을 잡아야 한다. 롤랑 바르트는 어머니가 돌아가신 후, 매일 푸른색 잉크로 메모를 남겼다. 그리고 이 메모에는 '애도일기'라는 제목이 붙어 있다. 시인 장이지는 「푸른색 잉크」라는 시에서 이 일화를 쓰면서 말미에 "마치 지구방위군의 화력으로는/ 끄덕도 하지 않는 사도(使徒)처럼/ 슬픔은 무너지지도 무너뜨릴 수도 없는 것인지."라고 했다. 애도의 방법은 저마다 다르다. 그것은 온 지구의 무게보다 더한 것이어서, 누군가는 울부짖고, 누군가는 침묵하고, 누군가는 끝없이 이야기하며, 누군가는 외면한다. 정해진 것이 없기에 애도는 끝없이 이어진다. 하지만 생존의 방법은 하나다. 심장이 앞서면 가라앉는다. 심장을 가슴속에 넣어둬야 한다. 그때 나도 모르게 어떤 소리가 새어 나올 수 있다.

"으음, 으음."

김안

2004년 《현대시》로 등단했다. 인하대학교 한국어문학과 및 동 대학원 박사과정을 수료했다. 시집으로 『오빠생각』, 『미제레레』, 『아무는 밤』이 있다. 제5회 '김구용시문학상', 제19회 '현대시작품상', 제7회 '딩아돌하작품상'을 수상했다.

소리, 반복, 일상, 망각

이주란 ✳ 소설가

주란아

나는 한 번도 이름을 지어본 적이 없는 사람이다. 때는 바야흐로 18년 전, 학부 시절이었다. 소설 한 편 써보지 못한 상태였으면서 선배들에게 호기심에 이렇게 물은 적이 있었다.

필명은 정말 자기 마음대로 해도 되는 건가요?

그럼.

이효리 전지현 이런 걸로 해도 돼요?

그럼.

뭔가 내 이름은 작가 이름 같지가 않았던 것이다. 그리고 보면 어릴 때부터 내 이름을 크게 좋아하지도 않았던 것 같다. 별 생각이 없었다고 하는 편에 가깝겠다. 하지만 요즘엔 왜인지, 내 이름이 불릴 때 울고 싶어질 때가 있다.

주란아

1. 어느 겨울

To. 주란

주란아, 엄마야.

먼저 생일 축하해.

멋있는 액션을 취하진 못했어.

좀 부끄부끄해서 말이지….

답장이 좀 늦었지?

나 그날 하루는 기분 무지 좋았다.

너의 그 각오와 나의 그 기쁨이 영원했으면 좋겠다.

난 지금 이대로도 실컷 똥돼지 때문에 행복해하고 있어.

하고 싶은 게 있다는 건 참 좋은 거잖아.

엄마의 특기: 하고 싶은 게 없고, 자신이 없고(모든 것에)

그래서 난 네가 좋아. 흐흐흐…

아무쪼록 우리 모두 열심히 최선을 다해보자.

엄만 네 기분 따라 웃고 울고 하겠지만

네게 큰 짐을 지우진 않으려 해.

네가 힘들까봐서…

그럼 또 내일을 향해… 〈화이팅〉

다 읽었음 잘 자라. (안녕)

— 엄마 돼지가 새끼 돼지에게 보냄

이주란

그날 이후로 엄마에게 편지를 받은 적은 없는 것 같다. 그 이전에도, 아마 없었을 것이다. 편지의 내용을 보면 내가 먼저 보낸 편지의 답장 격으로 보이는데, 나는 과연 어떤 내용의 편지를 보냈을까? 애석하게도 그것은 엄마에게 남아 있지 않은 것 같다. 버린 거냐고, 묻지는 못했다. 나는 그 편지에 당시 나의 각오를 적었을 것으로 추측된다. 어버이날도, 엄마 생일도 아닌 계절에 편지를 쓴 이유는 알 수 없지만, 전에 없이 어떤 각오를 한 뒤 그 내용을 엄마에게 당당히 밝히며 하고 싶은 게 있다고 말했다는 것만은 알 수 있다.

편지를 받던 날은 나의 생일이었다. 엄마는 한겨울에 나를 낳았다. 눈이 아주 많이 내려 무릎까지 쌓인 날이었는데, 예정일보다 2주가량 먼저 태어났다고 한다. 그냥 2주 먼저 태어났구나 하면 될 것을, 나는 서른이 되던 해부터 수년간 엄마를 들볶았다. 엄마! 내 출생 연도를 85로 해줬으면 얼마나 좋았을까? 나 같으면 85로 해줬을 텐데. 왜 그것만은 정확하게 한 거야? 이런 경우는 좀 대충해도 좋았잖아?

조금이라도 어려야 아르바이트를 구하기도 좋고…라기보다는 이제는 변명의 여지없이 어른이 된 것 같은데 해둔 건 없으니, 뭔가 책임을 전가하고 싶었던 것 같다. 그때 나는 나라는 사람인 상태로 서른이 되면 안 된다고 생각했다. 안 된다고 생각했지만 되고 말았고 그러자 약간 억울한 마음이 들었다. 스물아홉 생일을 맞이하고 삼 일 만에 서른이 되고 만 것이다. 어쩔 수 없었다. 내가 아는 엄마는 거짓말을 못해서 곤란해지는 적이 왕왕 있을 정도로 사실대로 신고하고 사실대로 말하는 사람이니까.

그렇게나 솔직한 엄마지만 편지 속 구절, "난 지금 이대로도 실컷 뚱돼지 때문에 행복해하고 있어."라는 부분은 거짓이 틀림없다. 나는 엄마 속을 꽤나 썩이던 자식이었기 때문이다. 조금 건방진 말일 수도 있겠으나 저 문장을 계속 보다보면 아무래도 엄마가 글쓰기에 소질이 있는 것 같다는 생각이 든다. 그리고 나 역시, 그때 엄마에게 보낸 편지에 쓴 각오 뒤에 붙였을 "자신 있다."라는 말은 아무래도 거짓이 아니었을까 생각한다. 나도 엄마처럼 모든 것에 자신이 없는 편이다.

속도 많이 썩히고 건방지기까지 한 나는 다행히도, 그때도, 지금도, 하고 싶은 건 있다. 그게 엄마를 기쁘게 할 줄은 몰랐는데 너무 다행이라는 생각이 든다. 엄마는 요즘 내게, 아무리 하고 싶은 걸 한다지만 글을 쓰는 일은 어려운 일이라며 고생이 많다고 말하곤 한다. 그러면서 최대한 자유롭게 살라는 말도 자주 해준다. 깍두기를 담그며 새우젓을 넣는지 액젓을 넣는지 질문해도 자유롭게 하라고 하고, 자야 하는데 놀고 싶다고 해도 자유롭게 하라고 하고, 일을 줄여야 하는데 더 하고 싶다고 해도 자유롭게 하라고 하고, 인간관계나 결혼 같은 고민을 얘기해도 자유롭게 하라고 하고, 글의 내용을 고민할 때도 자유롭게 하라고 한다. 나는 무언가 막힐 때마다 엄마의 성실한 노동과 나를 향한 마음을 곱씹기 위해(지금은 그 정도는 아닐 수도) 십여 년 전 어느 겨울에

받은 편지를 꺼내 읽고 울고 싶은 만큼 운다. 아마도 내가 가장 여러 번 읽은 글은 엄마의 편지일 것이다(돈 주고 사지는 않았지만 나의 베스트셀러). 당시 내가 한 각오가 뭔지는 모르겠으나 그때 그 각오와 엄마의 그 기쁨이 영원했으면 좋겠다. 난 지금 이대로도 실컷 엄마 덕분에 행복해하고 있지만.

2. 어느 봄

선생님, 요즘엔 좀 어떠세요.

우리는 서로의 이름을 부른 적은 없다. 하지만 이상하게도 백 번쯤 이름을 불린 것만 같다. "선생님"이라는 건 호칭이지만 그녀가 나를 부를 때의 얼굴 표정, 말투, 억양 같은 것들이 그렇게 느끼도록 만든다. 어느 여름날 새벽, 엉망이 된 나를 본 건 그녀가 유일하다. 나는 그날 그녀에게 도움을 요청했고 그녀는 나를 도왔다. 그 후로도 그녀는 밥을 먹지 못하던 내게 에그타르트나 라떼같이 밥이 될 수 있는 것들을 자주 챙겨주었다. 나는 많은 것을 털어놓으며 아무 때고 울곤 했다. 그렇게 시간이 흘러 너무 많은 도움을 받아 미안할 지경이 되었을 때, 나는 차츰 괜찮은 척을 하기 시작했다. 실제로 어느 정도는 괜찮아지기도 했다.

그 일이 있고 반년쯤 지났을 때부터는 더 이상 그 일을 입에 담지 않았다. 아무 생각도 하지 않으려 노력했다. 사람들이 내게 어떻게 지내나며 안부를 물을 때마다 나는 늘 곤란했다. 내가 솔직하게 말할 때면 몇몇의 친구들은 오히려 나를 탓하기도 했고 또 몇몇은 자신의 영웅담을 들려주기도 했다. 나는 상처받지 않기 위해 잘 지낸다는 거짓말을 하게 되었다.

그해 가을과 겨울이 어떻게 갔는지 전혀 기억이 없는데 봄은 왔다. 저녁에도 포근한 날이 많았다. 그날 퇴근길에 같은 버스를 탄 우리는 여느 때와 다름없이 소소한 일상 이야기를 하고 있었다. 그러다 문득 그녀가 물었다. 선생님, 요즘엔 좀 어떠세요.

좀 전까지 웃고 있었던 것 같은데, 아닌가. 나는 많은 사람이 있는 버스 안에서 갑자기 울고 말았다. 모르겠다. 어쩌면 우는 사람보다 우는 사람 옆에 있는 사람이 더 남의 시선을 신경 쓰게 되지 않나. 사람은 다 그렇지 않나. 한데 그녀는 오직 나만을 바라보며 내게 "선생님은 따뜻한 사람이고 그때 할 수 있는 최선을 다하신 거예요."라고 말했다. 그러자 나도 다른 사람의 시선을 느끼며 수치스러워하지 않고 담담하게 눈물을 닦아가며 울 수 있었다.

버스카드를 찍고 내려서는 집까지 함께 걸었다. 어두웠고 걷고 있었기 때문에 편하게 울면서 사람들을 지나쳤다. 같은 방향이었지만 어쩐지 그녀가 나를 데려다준 느낌이었다. 내가 스스로도 나의 마음을 돌보지 않고 있다는 걸 알았던 걸까. 나는 가능한 한 영원히, 그날 받았던 마음을 기억하겠다고 다짐하곤 한다. 마음을 갚으면서 살고 싶으니까.

이주란

3. 어느 초여름

부끄러운 말이지만 그해엔 글 쓰는 것이 어려웠다. 게다가 하던 일에도 차질이 생겨, 이래저래 어떻게 살아야하는지 도통 모르겠어서 도망을 치며 지냈다. 나는 이유를 찾거나 내 마음을 들여다보기보다는 곧바로 체념해버렸다. 그러면 덜 힘든 것 같기도 했다. 누군가의 위로나 공감을 바란 것도 아니었다. 그 정도 염치는 있었다. 그랬으나 온통 후회라는 감정에 휩싸여 있었다. 거의 모든 것이 후회되는 바람에 아무것도 시작하지 못하는 지경이었다. 괜히 무언가를 시작했다가 또 후회하긴 싫었다. 그러던 어느 밤이었다. 뜬금없이 전화 한 통이 걸려왔다. 오랜 친분이 있지만 평소 연락을 주고받는 사이는 아니었다.

여보세요.

주란아.

네.

잘 지내고?

네, 뭐… 잘 지내세요?

나야 뭐… 서울 왔다가 가는 길이야.

네.

그… 안 해도 되는데, 왜 못하겠다고 했어? 무슨 일이 있나, 그냥 궁금해서.

그냥… 못할 것 같아요.

음… 왜? 왜인 것 같아?

모르겠어요.

용기를 좀 가져보면 좋은데.

글 쓰는 데 왜 용기가 필요한 걸까요.

용기만 갖고 쓰는 거지. 용기 하나만 갖고.

나는 그 말을 듣는 순간부터 울기 시작했으나 참아가며 대화를 계속했다. 그리고 그 순간, 없던 용기가 생겼음을 알았다.

힘들지?

나는 아무 말도 하지 못했고

이 일 저 일 겪고 이것저것 많이 쓰면 소설도 좀 더 잘 써지지 않겠니.

나는 울었다. 그는 모두가 내게 일의 규모를 확장하라고 할 때 그만두고 소설만 써보라고 말해준 유일한 사람이었다. 나조차도 일을 그만두는 것은 싫다고 생각해왔었는데, 그 말을 얼마나 기다려왔는지 알게 되어 당황했던 기억이 떠올랐다. 실제로 그렇게 하지 않더라도 그 말을 담은 목소리에는, 마치 나의 고단했던 순간들을 위로해주는 것 같은 힘이 있었다. 나는 아주 잠시 당황한 뒤에 곧 행복해졌었다. 그 감정은 정확하게 행복이었다. 그와의 전화를 끊고서 그때와 같은 행복한 마음으로 울었다. 요즘엔 슬플 때보다는 행복할 때 울게 된다. 그래서인지 우는 것이 싫지 않다.

이주란

*

개명을 한다면 "지원"이나 "정원"으로 하고 싶다고 언니와 종종 이야길 하곤 했던 나는(언니가 지원이면 나는 정원, 언니가 정원이면 내가 지원) 며칠 전 조금 놀라운 사실을 알게 되었는데 그건 바로 내 이름이 지어진 연유였다. 지금까지는 아빠가 지었다고 알고 있었고 농담인지 진담인지 주란을 쥬란이라고 하고 싶었다는 얘길 기억하고 있었다. 하지만 사실은 그렇지 않았다. 언니의 이름을 지은 것은 아빠가 맞고 내 이름은 엄마가 지었다고 한다. 나는 엄마와 침대에서 뒹굴며 이름 이야기를 하다가 놀라서 물었다.

내 이름을 지은 게 엄마였어?

그럼.

오, 어떻게?

태어나고 얼마 안 되어서 이름을 뭐로 지어줄까 고민하고 있었을 때였어. 예방접종을 하러 병원에 갔거든. 봄이 오기 전이었을 거야. 사람도 꽤 많았어. 근데 앞 순서 아기 이름이 주란이라는데 예쁜 것 같더라고?

나는 이름도 없이 어떻게 병원에 가서 주사를 맞았을까? 그게 가능한 일인가? 엄마 지금 혹시 농담하는 건가? 믿을 수 없었지만 믿을 수밖에 없었다. 내가 아는 엄마는 거짓말을 못해서 곤란해지는 적이 있을 정도로 사실대로 신고하고 사실대로 말하는 사람이니까. 나는 그런 현

77
주란아

실적인 궁금증과 함께, 내 이름에 별다른 뜻이 없었다는 사실에 실망하고 말았지만 어차피 내가 내 이름을 부를 일은 거의 없다. 나는 내 이름을 듣는다. 나는 자주 "주란아"라고 불렸던 순간들, 나를 깊은 수렁에서 구해주었고 지금도 시시때때로 구해주고 있는 그들의 목소리를 떠올리곤 한다. 그러면 어쩐지 눈물이 날 것만 같고 나는 좋은 마음으로 운다. 아무래도 나는 꼭 주란이어야만 했다.

이주란
소설집 『모두 다른 아버지』와 『한 사람을 위한 마음』이 있다. 주말엔 소설을 쓰고, 평일엔 아이들과 동화책을 만든다.

박은정 ✳ 시인

악흥의 한때는 얼마나 아름다운가

어떤 날에는 인기척 하나에도 마음이 흔들린다. 세상에 나 혼자만 운 나쁘게 살아남아 복구할 수 없는 황무지를 보는 것 같은, 그런 막막한 날이 있다. 괜스레 숨을 길게 내쉬며 시간을 허비하고, 나는 왜 이 모양일까 자책하게 되는 날. 누군가 옆에서 가만히 내 이름을 불러주었으면. 그랬으면 좋겠는데, 지금 내 옆에는 아무도 없다.

혼자 사는 삶의 방식을 오래 지내왔다. 여러 관계들에서 어떤 가능성을 타진해봤지만 매번 흐지부지하게 지나쳐왔다. 한때는 반짝이는 삶을 살 거라고 기대했지만, 지금은 평범하게 사는 것도 쉽지 않다는 것을 안다. 그 평범함에서 삶을 살아가는 작은 이유들이 더 빛나리라는 것도, 이제는 알겠다.

악흥의 한때는 얼마나 아름다운가

순간이 전부가 되어버렸다는 착각

오랜만에 작은방 구석에 존재감 없이 내팽개쳐져 있던 피아노 뚜껑을 열었다. 일 년에 겨우 몇 번 열어보는 피아노이지만, 내게는 어떤 다짐 같은 행위다. 이유 없이 마음이 어지러울 때, 글이 잘 안 풀려 머리를 식히고 싶을 때, 그리고 어떤 슬픔이 턱 하니 가슴에 박혀서 숨이 안 쉬어질 때, 나는 먼지만 가득 쌓인 작은방으로 들어가 문을 닫는다.

들어올 사람도 없는데
문을 닫는 이 마음은 무얼까.

논 트로포 논 트로포*

첫 콩쿠르였다. 교복을 입은 나는 P대학교 강당에서 리스트의 〈숲의 속삭임〉을 연주하고 있었다. 비공개 콩쿠르라 넓은 강당은 텅 비었고 맨 앞줄에 심사위원 몇 명이 따분한 표정으로 나를 바라보고 있었다. 무대 정중앙에 놓인 그랜드피아노는 숨죽인 짐승처럼 웅크려 있었고, 천장의 조명은 당장이라도 나를 집어삼켜버릴 듯 눈부셨다. 더 이상 후퇴할 곳도 숨을 곳도 없다고 생각하는 순간, 나는 길 잃은 아이처럼 어떤 대문도 두드리지 못한 채 멍하니 허공의 빛들을 바라보았다. 사람들이

---

*논 트로포(non troppo): 악보에서, 다른 말과 함께 쓰여 '지나치지 않게', '알맞게'를 나타내는 말.

없는 곳으로 달아나고 싶은 마음. 아무도 나를 알지 못하는 곳으로, 멀리 그리고 아득하게.

그때 나는 내게 패배했다.

이 순간이 나의 전부가 되어버렸다는 착각. 아무것도 생각나지 않았다. 떨리는 손과 발을 건반과 페달에 놓고 습관적으로 움직이기 시작했다. 페달을 바꿔야 하는데 발이 떨어지지 않았고, 손바닥은 온통 땀으로 미끌거렸다. 내 의지와는 상관없이 손가락들은 천상의 날개라도 단 듯 멋대로 허공을 연주하고 있었다. 곡의 템포는 점점 빨라졌고, 그 템포에 못 이긴 손가락이 꼬일 때, 결국 나는 두 손을 들었다.

사라져야겠다고 생각하는 순간
머릿속의 악보가 새하얘졌다.
음표들은 어디로 숨어버린 걸까.
어디서부터 잘못된 걸까.
정수리에서 척추로 뜨거운 기운이 흘러내렸다.

오랜만에 멘델스존의 〈론도 카프리치오소〉 악보를 펼치고 연주한다. 그리고 키스 자렛의 〈Be My Love〉를 연주하기 시작한다. 중간 중간 헛음을 칠 때마다 그때의 내가 뒷걸음질한다. 왜 이렇게 됐을까. 이 기억을 다시 조립할 수 없을까. 컬러링북처럼 내가 원하는 색깔로 이

기억들을 다시 채울 수 있다면 좋겠는데.

피아노를 칠 때면 항상 그때의 기억이 찾아왔다. 오랜 시간이 지났고 이제는 음악과 상관없는 일로 생계를 이어가면서도, 이렇게 피아노를 치고 있으면 불현듯 눈부신 빛살들이 날아와 손가락 사이사이를 파고든다. 그때의 교복 입은 아이가 허공의 빛을 바라본다. 아프다. 한심하다. 나의 패배를 생각하고 싶지 않지만 이 피아노 소리는 내게 동의를 구하지 않고 막무가내 내 기억 속으로 들어와 또다시 나를 무너트린다.

얼마나 오래 그곳에 갇혀 있었던 거지?
달아나고 싶다고 말하면서 발은 제자리에 붙이고
내 울음만을 받아줬으면 하는 마음이었던 거.

어떤 이야기들은 끝이 난 뒤에도 끝나지 않고 결말이 지속된다. "그 후 그들은 행복하게 오래오래 살았습니다."라는 결말이면 좋겠지만, 주로 끝나지 않는 결말은 후회와 원망으로 이루어진다. 그것은 내가 내게 주는 형벌 같은 것.

여기 빛이 있다. 빛이 있어 눈앞의 것들이 보이고 너무 많은 빛이 있어 눈앞의 것들이 보이지 않는다. 빛과 형벌, 내가 만든 너무 많은 빛이 있었다. 하지만 이제는 눈을 감지 않고 그 빛들을 바라본다. 필연적 명순응. 시간이 흐르자 세상의 당신들이 보이기 시작한다.

박은정

누군가에게 편지를 쓰고 싶지만 매번 실패한다

작은방의 문을 열고 거실로 나온다. 거실 한가운데에는 큰 테이블
이 놓여 있고 그곳에 앉아 밥을 먹고 글을 쓰곤 한다. 남은 글 작업을 하
기 위해 유튜브로 음악을 재생한다. 오늘의 선곡은 디바인 코메디의
〈Our Mutual Friend〉. 그의 몽환적인 목소리가 거실을 가득 채운다.

이 곡 때문이었어. 널 좋아하게 된 게.

그가 내게 처음 보낸 메시지에는 "언제 서점에 같이 가자."라는 말
과 함께 이 노래의 링크도 아래에 붙여져 있었다. 아직은 어색하고 공유
하는 것이 별로 없던 사이였지만, 이 노래를 좋아한다는 것만으로 나는
어느새 그에게 호감을 느끼고 있었다.

그와 만나는 동안 이 노래를 수없이 들었다. 함께 거실 테이블에
앉아 맥주를 마실 때에도, 지하철에 나란히 앉아 이어폰을 나눠 낄 때에
도, 광화문이나 성북동 그 어디쯤을 목적 없이 헤매고 다닐 때에도, 이
노래는 우리가 없어도 우리의 시간과 함께 영원히 그곳에서 성근 나뭇잎
들을 흔들고 있을 것만 같았다.

이제 그만하자. 서로 상처받을 만큼 받았으니.
그래, 나도 지긋지긋해.

악흥의 한때는 얼마나 아름다운가

네 번의 겨울을 함께 보내고 우리는 이별했다. 내가 보관하고 있던 그의 물건들을 챙겨 보냈고, 그는 더 이상 이 집의 번호키를 누르고 들어오지 않는다. 이제 이 집의 번호키를 누르고 들어오는 사람은 아무도 없다. 오롯이 혼자가 된 것이다. 문득 나는 그가 번호키를 누를 때 들리던 소리와 리듬을 떠올린다. 마지막 번호를 누를 때 테누토*처럼 유난히 지그시 누르던 그 손가락을.

이 사랑에도 처음은 있었다. 누군가 먼저 마음을 빼앗겼을 것이고, 자신이 빼앗긴 마음만큼 상대방의 마음을 가지고 싶었을 것이다. 이미 다른 곳에서 피폐해진 마음을 사랑에서만은 손해보고 싶지 않은 마음이 들기도 했을 것이다. 하지만 마음이라는 게 정확한 수학적 공식이 아니듯 매번 우리는 이상한 공식을 접한 사람처럼 어리둥절해한다. 내가 더 마음을 준다고 하여 그 사람 마음이 내 마음처럼 되지도 않고, 그 사람의 마음을 원망한다고 해서 내게 그 사람의 마음이 더 오지도 않는다. 그저 한 사람과 한 사람의 마음이 따로 있을 뿐. 마이너스, 간혹 플러스. 그리고 무한대의 고독과 절망. 하지만 사랑이 끝난 후에는 각자가 줬던 마음만큼을 돌려받으며 정확한 수학적 공식이 이루어진다. 마음의 전부를 줘서 휘청거렸던 사람이 담담하게 카페 문을 열고 나설 때, 한 사람의 마음을 더 많이 받았던 사람은 그 마음만큼 자신을 잃고 오래 휘청거린다.

─────────

*테누토(tenuto): 악보에서, 음을 충분히 지속하여 연주하라는 말.

이별이라는 말에는 대개 사랑했다는 말이 담겨 있고, 사랑했다는 말은 자신의 존재를 걸어 어떤 시간을 열렬히 통과했음을 의미한다. 누군가의 이별은 헤어짐을 자각하지 못한 채 혼자 남기도 하고, 혼자 남은 방에서 그와 함께 들었던 음악을 들으며 뒤늦게 이별의 뒷자리를 수습하곤 한다. 또 다른 이별은 그가 쏟아냈던 잔인한 말 속에서 끝이 보이지 않는 미로의 숲속을 헤매다 그 숲의 끝에 다다르고서야 끝나기도 한다. 화려하지만 누더기의 이야기들. 깁고 기워도 서로의 빈틈을 감당할 수 없을 때 사람들은 가장 아름다운 세계의 무늬를 버리고 혼자만의 빈 곳을 감행하게 된다.

이별 후에도 초라하지 않은 사람이 되고 싶다.
사랑에 울고불고하던 날들은 어찌 보면 나를 사랑하지 못해
살려 달라고, 그에게 내민 절망의 깃발 같은 것.

사랑은 환영에서 출발하지만 그 환영에서 멀어져야만 완성되는 것이라고 했다.

어쩌면 이제야 내게
이 사랑을 완성할 시간이 온 것일지 모른다.

악흥의 한때는 얼마나 아름다운가

다 모자란 사람들이잖아요

　겨울이라기엔 따스하고 봄이라기엔 서늘한 하루가 지나간다. 지금은 내 곁에 없는 사람의 지난 이메일을 읽고 가슴이 쓰린 건 이제는 되돌아올 수 없는 시간이기 때문일까. 그때의 내가 그리워서일까. 친구들과 웃고 떠들다가도 불시에 들이닥치는 이 기억은 대체로 어떤 소리의 출현 때문이다. 그와 함께 들었던 노래들, 그와 함께 들었던 파도 소리, 그가 나를 원망하던 목소리, 그가 나를 이해한다는 듯 등을 토닥이던 소리.

　이해받지 못함.
　나는 항상 이해받고 싶어 변명하는 아이였다.

　어젯밤에는 모르는 여자가 집 앞 골목길에서 큰 소리로 울었다. 무엇이 그리도 서러웠을까. 여자는 체면마저 잊어버리고 자신의 슬픔을 토해 내느라, 자주 숨을 꺽꺽거렸다. 궁금증에 창문을 열고 내다보니, 여자의 옆에 마르고 구부정한 남자가 서 있었다. 남자는 여자가 울음 섞인 기침을 내뱉을 때마다 여자의 등을 토닥이며 한숨을 내쉬었다.

　저것은 사랑의 한 장면일까.
　이별의 한 장면일까.

　한바탕의 소동이 끝나고 나는 다시 침대에 누워 책을 펼쳤지만 여자의 울음이 떠올라 책장을 덮고 만다. 그 둘은 이제 다정하게 한 집으로 들어가 잠들었을까. 아니면 더 이상 이해할 수 없다며 각자의 장소로 떠나버렸을까. 내일 아침이면 아무렇지 않게 해장국을 먹으며 조금은 쑥스러운 듯 서로의 손을 다시 잡을까.

오래전 내 모습이 겹쳐서일까. 알고 보면 우린 다 모자란 사람들이잖아요. 내가 잘했다고 소리치다가도 금세 잘못했다고 사과하는 사람들이잖아요. 이렇게 말해주고 싶었다. 좀 못나면 어때. 좀 부족하면 어때. 혼자만 남은 방에서 읽히지도 않는 책장을 넘기며, 생각은 뜬금없이 끝나는 영화의 엔딩 크레디트를 보듯 우리의 지난 장면들을 들춰보고 있었다.

저녁은 아직 멀고 우리는 어쩐 일인지

언젠가 시간이 지나면 나아질 것이라는 것을 알지만, 그 시간을 버티는 일이 어디 쉬운 일인가. 슬픔은 그 슬픔을 온전히 살아내야만 희미해진다. 책상에 엎드려 온몸이 노곤할 만큼 울고 난 다음에야 허기를 느끼고 무언가를 찾아 움직이게 되는 것처럼. 그런 뒤에는 하루의 빛을 눈물 삼아 울지 않을 것이며 하루의 어둠을 베개 삼아 꿈을 미루지 않을 것이다. 그 지난한 시간들이 흐른 뒤에는 불현듯 찾아오는 피아노에 대한 기억도, 사랑에 대한 기억도, 세상의 얼기설기 섞인 기억들도 이른 봄바람처럼 조금만 서늘해서, 우리는 고개를 들어 봄볕의 따뜻함을 느

89
악흥의 한때는 얼마나 아름다운가

낄 수도 있겠지.

왼쪽에서 오른쪽으로. 오른쪽에서 다시 왼쪽으로.
어쩌면 시간이 흘러가는 반대 방향으로.

한 사람을 생각한다. 인연의 예감은 항상 어긋나서 오른손을 내밀면 왼손이 오곤 했지만. 사람이 사람을 생각하는 데에는 어떤 절망도 성공하지 못한다.

하루가 지났을까. 이틀이 지났을까. 나는 시간이 흐르지 않는 이상한 공간에 있다. 아득한 기억과 함께 당신이라는 한 사람을 그리며 무한한 꿈길을 걷는 것. 창으로 가득한 햇살이 꿈결처럼 비어져 나오는 것을 본다. 프리즘을 보듯 오색의 아름다운 빛으로.

마음을 먹기도 전에 마음으로 들어와버린 사람.

당신의 출처가 어딘지는 중요하지 않아. 그냥 이렇게. 당신과 마주앉아 손잡을 수 있다면. 당신과 커피를 마시고, 당신과 밀린 청소를 하고, 무거운 겨울 이불을 털며 키득거리는 시간이면 돼. 불현듯 어떤 소리들이 찾아와 이 도시를 물들일지라도,

저녁은 아직 멀고 우리는 어쩐 일인지 슬프지 않으니.

박은정

박은정

2011년 등단하여 『아무도 모르게 어른이 되어』, 『밤과 꿈의 뉘앙스』 두 권의 시집을 펴
냈다. 낮에는 편집자로 일하고, 밤에는 지루한 영화를 보고 결말 없는 시를 쓰곤 한다.

악흥의 한때는 얼마나 아름다운가

람혼 최정우 ✳ 철학자, 작곡가, 비평가, 미학자, 기타리스트

울음과 울림

울음을 울어,

울음, 그러니까 저는 '울다'라는 동사의 명사형인 이 익숙한 하나의 말로부터 시작하고 싶습니다. 그렇게 시작(始作)하며 동시에 시작(詩作)하고 싶습니다. 저는 비록 시인은 아니지만, 시를 사랑하는 사람으로서, 또 비평을 하는 사람으로서, 그리고 작곡하며 동시에 노랫말을 쓰는 사람으로서, 단어 하나하나에 다소 심하게 예민하다 싶을 정도로 민감하게 다가가고 반응하는 습성을 갖고 있습니다. (그리고 저는 한 명의 철학자로서, 구체적인 경험에서 출발하는 것보다 추상적인 개념이나 언어에서 출발해보는 습관 또한 갖고 있습니다.) 이 '울음'이라는 말에 대해서도 마찬가지입니다.

먼저 울음은 우는 주체를 전제합니다. 울음 그 자체란 없는 것이며, 항상 우는 것은 '누군가'이기 때문입니다. 따라서 울음이란 그 말 홀로 존재할 수 없는 것이고 항상 그 울음의 행위 주체를 상정할 수밖에 없습니다. [비록 루이스 캐롤(Lewis Carrol)은 『이상한 나라의 앨리스』에서 '웃음 없는 고양이'가 아니라 반대로 '고양이 없는 웃음' 같은 기이한 주체 없는 추상을 등장시키기도 하지만요.] 울음이란, 거의 언제나 누군가가 우는 것이고, 그래서 또 울음이란 바로 그 누군가의 행위를 가리키는 말이 됩니다.

그러므로 '울다'는 자동사이며 그 명사형인 '울음'은 문법적으로도 경험적으로도 무엇보다 하나의 능동이지요.

달리 말하자면, 울음은 언제나 '하는' 것이지, '되는' 것이 아닙니다.

그러나 동시에,

울음은 그렇게 능동의 형태를 띠는 말이지만, 반대로 말해서, 이 세상에 저 혼자서 우는 사람은 없습니다. 왜냐하면 울음은 울림이라는 그 자신의 반대편이 없다면 성립되지 않는 행위이자 사태이기 때문입니다. 무언가가 울리기 전에는 울음이란 있을 수 없습니다. 울리는 것 없이 우는 일이란 상상하기 힘들기 때문입니다. 어떤 것이 나를 울리기 때문에 나는 우는 것입니다. 그렇게 울림은 울음에 선행하며, 울음은 울림이라는 원인의 한 결과로서 나타나게 되는 행위입니다.

울림은 울리고,

한편, 울림이라는 말, 이 말은 그 자체로는 사동입니다. '울리다'

최정우

라는 사동 동사의 명사형이기 때문입니다. 곧 '울리다'라는 말은 '울게 하다'라는 말로 바꿀 수 있기에, 누군가에게 무언가를 시키는 문법적 형태를 띠고 있다는 말입니다. 이 동사를 이용한 '울리기'라는 다른 명사형이 또한 그렇습니다. 그리고 동시에 '울림'이라는 말은 그 자체로 하나의 독립적인 명사, 곧 '반향'이나 '잔향'을 의미하는 말로도 쓰입니다. 우리는 이 모든 형태의 '울림'들을 통해 '울음'을 경험하게 됩니다. 어떤 울림이 울음을 통해 그 자신의 존재와 효과와 여파를 드러내는 것입니다. 이러한 관점에서 울음과 울림이 각기 그리고 서로에게 갖는 의미를 생각해볼 수 있습니다.

그런데 사실 여기까지 와서 생각해보면, 우리는 처음에 살펴봤던 저 두 말에 대한 문법적 규정을 역전시킬 수 있는 상황에 와 있음을 알게 됩니다. 울음은 그 자체로는 능동적인 자동사의 행위였지만, 울림이라는 사동이 없이는 있을 수 없다는 점에서, 경험적으로는 피동이나 수동의 행위이기도 하다는 역설이 가능합니다. (그러나 이것은 단지 역설을 위한 역설이 아니라, 바로 '울음'이라는 행위가 특징적으로 갖는, 오히려 그 사태의 핵심을 드러내는, 그런 본질적인 역설입니다.) 혼자서 우는 울음이 없다는 의미에서, 울림 없이 우는 울음은 존재할 수 없다는 점에서, 울음은 형태적으로는 능동이지만 내용적으로는 수동이나 피동의 행위입니다. 울림 없는 울음은 없기 때문입니다. 저는 다시 이 지점에서 시작하고 싶습니다, 그렇게 시작(始作)하고 시작(詩作)하며 또 시작(試作)하고 싶습니다.

그러므로 다시 바꿔 말하자면, 울음은 '하는' 것이기 이전에 '되는' 것입니다, 그것도 울림에 의해서 그렇게 울게 '되는' 것입니다.

그러나 또한 동시에,

'울음'과 '울림' 사이의 이러한 작용은 사실 서로 별개의 결과와 원인을 구성하거나 일방통행의 영향만 있는 그런 관계는 아닙니다. 왜냐하면, 울음은 반드시 울림이 있어야 가능한 것이지만, 그 반대로 울림역시 저 혼자 울리는 것이 아니라 언제나 울음과 함께 울고 또 울리는 것이기 때문입니다. 여기에서 이 관계의 역설을 이해하는 데에는, 그리고 이 말들의 추상적 뜻을 아는 데에는, 몇 가지의 경험적 사실들이 필요합니다.

이를 좀 더 잘 설명하기 위해, 저는 전 대통령 박근혜에 대한 헌법재판소의 파면 선고가 있었던 2017년 3월 10일로 돌아가야 합니다. 저는 헌법재판소 전원을 대표하여 이정미 재판관이 낭독했던 그 판결의 주문을 지금도 여전히 생생히 기억하고 있습니다.

"결국 피청구인의 위헌, 위법 행위는 국민의 신임을 배반한 것으로 헌법 수호의 관점에서 용납될 수 없는 중대한 법 위배 행위라고 보아야 합니다. 피청구인의 법 위배 행위가 헌법 질서에 미치는 부정적 영향과 파급 효과가 중대하므로, 피청구인을 파면함으로써 얻는 헌법 수호의 이익이 압도적으로 크다고 할 것입니다.

이에 재판관 전원의 일치된 의견으로 주문을 선고합니다.

주문. 피청구인 대통령 박근혜를 파면한다.”

저는 당시 이 주문의 선고를 파리에서 생방송으로 지켜보고 있었습니다. 한국은 오전 시간이었고, 프랑스는 아직 해가 뜨지 않았던, 바깥이 어둑어둑했던 새벽 시간이었던 것으로 기억하고 있습니다. 선고 전문 낭독을 처음부터 끝까지 지켜보았고, 마지막으로 위의 저 주문이 선고된 직후, 저는 갑자기 저조차도 이해할 수 없는 큰 울음을 터뜨리게 되었습니다. 저도 제가 왜 우는지 설명할 수 없었습니다. 그저 커다란 외침과도 같은 울음소리와 함께 굵은 눈물이 줄줄 흘러내릴 뿐이었습니다. 숨죽이며 듣고 있던 선고가 끝나자마자, 저는 말 그대로 꺼이꺼이 소리를 내면서 그렇게 서러운 울음을 울기 시작했습니다. 왜 그랬을까요. 말하자면 저 판결의 주문은 저를 울게 했던 한 울림의 소리였던 것입니다.

모르겠습니다. 2014년 4월 16일에 있었던 세월호 사건 이후 (이 사건의 정확한 진상은 이 글을 쓰는 현재에도 여전히 명백히 밝혀지지 않은 상태로 있습니다.) 쌓여왔던 슬픔과 울분이 저 주문의 선고와 함께 커다란 울음으로 터져 나온 것이었는지, 그게 아니라면, 어쩌면 제가 겪지도 않았던 저 1960년대와 1970년대를 거치며 쌓여왔던 어떤 역사적이고 집단적인 기억에 대한 풀리지 않은 응어리가 바로 그 순간 저라는 개인을 통해 밖으로 폭발했던 것인지, 가능성은 아마도 여러 가지일 것이고, 그 확실한 이유를 아마도 저는 남은 평생 동안 자문하며 살게 될 것 같다는, 그런 어렴풋한 예상만이 있을 뿐입니다.

그러나 제가 그 울음에서 확실히 경험하고 느낀 것은 따로 있었습니다. '나'의 이 개인적인 울음은 어떤 역사적이고 집단적인 울림을 통해 가능한 것이었던 사실, 그리고 거꾸로 바로 그 집단적이고 역사적인 울림이란 '나'라는 개체의 울음을 통하지 않고서는 우리 앞에 임할 수 없었다는 사실. 그러므로 다시금 울음과 울림을 서로 나누는, 그러나 동시에 바로 그 울음과 울림을 하나로 엮는, 또 하나의 근본적인 사태가 존재합니다. 이제 그 둘 사이에는 능동이나 사동 같은 단순한 문법적 차이가 사라집니다. 울림과 울음 사이에는 여전히 '차이'가 존재하지만, 그 차이란 둘 사이를 엮어내고 함께 반향과 잔향을 만들어내는 '다름'일 뿐, 그 다름은 다시금 바로 그 울림/울음 안에서 순전한 인과관계를 넘어 어떤 공동의 지평을 갖게 됩니다. 제가 저의 경험에서 추상할 수 있었던 하나의 본질은 바로 그것이었습니다. 그리고 제가 이야기하고 싶은 저 울음과 울림의 가장 근본적인 모습이란 또한 바로 이것입니다.

지금껏 공연을 수도 없이 했지만, 가장 최근에 저는 공연 중 아주 특별한 경험을 하게 되었습니다. 제가 속해 있는 3인조 밴드 레나타 수이사이드(Renata Suicide)의 데뷔 17년 만의 앨범 발매를 기념하는 공연을 2020년 1월에 서울에서 할 때였습니다. 저는 그 당시 앨범 수록곡들

최정우

중 〈독의 노래〉를 국악 작곡가이자 타악 연주자인 고명진 씨와 같이 새롭게 편곡한 다른 판본으로 둘이 함께 무대에서 연주했습니다. 그때 제가 고명진 씨와 함께 염두에 두었던 편곡의 개념은 초혼(招魂)의 형식이었습니다. 둘의 연주를 통해 아프고 상처받은 영혼을 불러내는 형식을 생각했던 것이지요. 무릇 인간의 모든 의식과 제의의 형태가 그러하지만, 여기에서 영혼을 불러낸다는 것은 어떤 보이지 않는 '죽음' 이후의 영적인 세계를 전제하는 것이라기보다는, 바로 지금 여기를 몸을 입은 채 살고 있는 '살아 있는' 우리의 기억을 환기하기 위함입니다. 우리의 모든 역사와 죽음과 삶이 연결되어 있는 바로 그 기억, 그리고 그 기억의 소리, 곧 우리 의식의 울림과 울음들 말입니다.

마침 그 공연 때 당시 제주 4.3 사건에 대해 글을 쓰고 계셨던 김진호 목사님과 5.18 광주 민주화 항쟁에 대한 다큐멘터리를 제작하고 계셨던 자우녕 작가님이 모두 관객으로 참여하셨는데, 그 두 분 다 바로 그 초혼의 형식에 교감하셨던 것인지, 이 〈독의 노래〉 연주를 통해 특히 본인들이 만들고 있던 작업과의 관계에서 많은 느낌들을 받았다고 말씀하셨습니다. 그리고 그 두 작업 모두 제가 말한 저 역사적이면서도 개인적일 수밖에 없는 '기억'의 문제와 연결된 것이었습니다. 저는 아마도 바로 그렇게 우리가 서로 교감했던 공통의 반향이라는 경험 안에 저 울음과 울림의 추상적 본질이 있다고 생각합니다. 이후 저는 고명진 씨와의 프로젝트 그룹을 만들면서 그 이름을 함께 '울(鬱)'이라고 지었는데, 아마도 거기에는 이러한 경험에서 추출했던 어떤 추상성이 아주 중요하게 작용한 게 아닌가 하는 생각을 하게 됩니다. 왜냐하면 이 글자는 무엇보다 슬픔과 우울(憂鬱)을 뜻하는 글자이기도 하지만, 무언가 풍성하고 울창(鬱蒼)하게 존재하는 사태를 지칭하는 글자가 되기도 하기 때문입니다. 그리고 무엇보다 그 글자의 '울'이라는 발음은 제게 울음과 울림을 동시에 아우를 수 있는 어떤 공통적인 하나의 소리를 연상시킵니다. 아마도 이러한 '울'의 중의성에서, 그러니까 바로 그 '울'이 지닌 소리 자체에서, 다시금 우리는 저 울림과 울음의 의미를 되새겨볼 수 있지 않을까요.

세상에 눈물을 흘리게 만드는 아름다운 소리들은 참 많습니다. 저는 음악을 하는 사람으로서 어떤 음악을 들을 때 그 아름다움에 의해 가끔씩 속 깊은 곳에서 북받쳐 오르는 눈물을 쏟아내곤 합니다. 그 눈물이 저의 어떤 기억에 접속되어 나온 결과이든, 아니면 그저 순수한 소리의 아름다움 때문에 나온 결과이든, 저는 그렇게 눈물을 흘립니다, 그렇게 울음을 울고, 또 그렇게 울림을 울립니다. 말만큼이나 소리에, 언어만큼이나 음악에 그렇게 민감하기 때문일 겁니다. 저는 이 민감함이 단지 개인이 갖는 특질이라기보다는 우리 모두가 품고 있는 공통의 감각이라고 생각합니다. 그리고 거기에도 제가 경험했고 또 추구하는 저 '울(鬱)'의 울림이 있을 것입니다.

그러나 저를 보다 깊게 울렸던 소리는, 그래서 저를 다시금 깊이 생각하게 만들었던 어떤 울림의 울음은, 단지 소리나 음악에 대한 것은

최정우

아니었습니다. 어떻게 보면 건조하기 그지없는 법적인 탄핵 판결일 뿐인 저 주문의 선고에 저는 주저앉아 소리 내어 울었습니다. 그 울림의 울음, 그 울음의 울림을 저는 여전히 생생히 기억하고 있습니다. 여전히 이해할 수 없지만 그렇게 기억하고 있습니다. 아직도 그 이유를 확실히 알 수는 없지만 그렇게 확실하게 기억하고 있습니다. 그리고 저는 여전히 그 울림과 울음의 소리를 제 두 손으로 붙잡고 있습니다. (이 두 손이란 곧 두 귀가 된다는 의미에서 단순한 비유만은 아닙니다.) 아마도 이것은 그저 하나의 사례일 뿐이겠지만, 어쩌면 단순한 소리라고 느껴지는 것, 혹은 단지 울림이나 울음이라는 이름으로 불리는 것, 그 안에는 그것을 넘어서는 또 다른 경험이 있는 것인지도 모르겠습니다. 그리고 거기에는 더욱 저 '울(鬱)'이라는 의미와 형식에 잘 부합하는 또 다른 울음이 있지 않을까요.

그래서 바로 여기에서, 이 울음과 울림의 소리란, 아마도 또 다른 이름을 갖게 되는 것이 아닐까요. 하여 어쩌면 우리는 그것을 '공명'이라는 또 다른 말로 불러볼 수 있지 않을까요. 공명(共鳴)이란 한자를 직역해보자면, 그것은 또한 '함께 울음'이나 '함께 울림'이라는 말로 바꿀 수 있을 것입니다. 우리가 함께 출발해볼 수 있는 말의 연원, 그리고 그 연원을 통해 어렴풋이 예견해볼 수 있는 어떤 도착의 지점은, 바로 이 말의 뜻에 있지 않을까요. 그리고 그것은 무엇보다 저 말이 품고 있는 '함께'라는 공동의 언어와 음악 안에 있지 않을까요.

우리는 그렇게 함께 울리고 또 함께 웁니다. 울음이 울림 없이 있을 수 없는 것처럼, 울림 역시 울음 없이는 있을 수 없을 테니까요. 그것들은 그렇게 함께입니다. 우리의 모든 기억의 응어리들이 풀리는 소리, 우리의 모든 역사가 움트고 밝아오는 소리, 만약 그런 소리들이 존재할 수 있다면, 정말로 우리 곁에서 우리의 귀로 들리고 우리의 입으로 나올 수 있는 것이라면, 아마도 그 소리란 저 울림과 울음이 함께 울리는 소리, 그 울음과 울림이 함께 우는 언어와 음악이 되지 않을까요. 그렇게 바로 그 울림의 말과 바로 그 울음의 음악이 되지는 않을까요. 그리고 비로소 그렇게 될 수 있을 때, 거기에는 울림과 울음을 나누고 있던 단순한 인과관계도 없고, 능동과 피동과 수동과 사동의 문법적 구분도 없는, 그런 근본적인 사태를 경험하게 해주는 또 하나의 중요한 추상이 존재할 수 있지 않을까요.

울림은 울고, 울음은 울리고,

그리하여 저는 생각해보는 것입니다. 우리가 진동하듯 되돌아오면서도 바로 거기에서 다시금 출발해야 할 어떤 종착지, 그럼에도 하나의 끝이 아니라 그 자체가 하나의 시작이 되는 또 다른 출발점, 그것이야말로 바로 저 '공명'이라는 이름에 합당하고 어울릴 이 울음과 울림의 자리가 아닐까 하고요. 바로 이 울림과 울음을 '함께' 나누고 싶습니다. 함께 울고 함께 울리기 위해서, 그리고 그것이 비단 역사적이거나 개인적으로 어두운 슬픔의 확인에서만 그치지 않고, 그 슬픔을 넘어서 또한 개

최정우

별적이고도 집단적으로 '공명'할 우리 모두의 밝은 기쁨을 위해서.

그래서 저는 오늘도 듣고 말하고 노래하며 찾습니다,

함께 우는 울음과 함께 울리는 울림으로, 그렇게 우리 앞에 현현할,
저 모든 잔향과 반향과 공명의 소리들을.

람혼 최정우

철학자, 작곡가, 비평가, 미학자, 기타리스트. 3인조 음악집단 레나타 수이사이드
(Renata Suicide)의 리더. 『사유의 악보: 이론의 교배와 창궐을 위한 불협화음의 비평
들』과 『드물고 남루한, 헤프고 고귀한: 미학의 전장, 정치의 지도』 등의 책을 출간했고,
2019년 앨범 《Renata Suicide》를 발매했다. 미학과 정치, 유물론과 에로티즘, 구조와
주체의 문제를 경유하여, 여러 현대 문학론과 이미지론, 음악과 철학 사이의 관계론 등
에 관한 연구들을 중심으로, 비평 행위 자체의 자율적 가능조건이 지닌 불가능성과 텍
스트의 음악적 구조성을 끊임없이 실험하는 다양한 글쓰기를 이어오고 있다. 현재 파리
ISMAC의 교수로 재직하며 프랑스 학생들을 가르치고 있다.

구현우 ✳ 시인, 작사가

빗속의 빗소리

슬퍼서 우는 건지, 울어서 슬픈 건지.

잘 구분하지 못했다. 어리기 때문만은 아니었을 거다. 지금도 가끔 그러니까. 아니면 아직도 어려서 그럴지도 모르지. 원래 나는 눈물이 많은 편이 아니다. 소설, 시, 음악, 영화, 드라마, 뉴스, 지인의 얘기 등을 접하며 수없이 울컥하기도 하지만 눈물이라는 형태로 잘 드러나지는 않는다. 그럴 때마다 이런 말을 듣기도 했다. 너는 공감을 못하는구나. 너 너무 이성적인 거 아니니. 너는 왜 그렇게 차갑니.

억울해서 눈물이 날 뻔했다.

당신의 일에 슬픔을 느끼지 않았을 리 없다. 내게 모든 당신은 가깝고 소중하기 때문이다. 소리 내어 울어주지는 못해도 나는 당신의 슬픔 테두리에는 분명히 있다. 하나 아무리 말을 해봐도 안 된다. 말로는 안 된다. 때로는 함께 울어주는 것만이 직접적인 위로가 될 테니까.

어느 날은, 갑자기 울음이 찾아오기도 했다.

마트에 들렀다가 집에 가는 와중이었다. 횡단보도 앞이었다. 사랑에 실패했거나 꿈에 좌절했거나 친구와 다퉜다면 모를까 간식 몇 개를 사서 돌아가고 있을 뿐이었다. 아무도 모르게 표면장력이 깨져 터져버린 듯한 눈물샘이 눈 밖으로 눈물을 밀어내고 있었다. 당시 눈물의 성분에 슬픔 같은 건 전혀 없었으나 울다 보니 지금까지의 슬픔이 단번에 밀려왔다. 너는 얼마나 힘들었을까. 나는 왜 그때 이렇게 울어주지 못했을까. 나 대체 뭘까. 방에 앉아서도 한참을 울다가 쓰러지듯 잠이 들었다.

소나기였을 것이다. 느닷없는. 미리 준비할 수 없는.

///

빗소리 듣는 한때를 좋아한다. 차양이나 우산을 두드리는 빗소리. 천둥과 번개를 동반하는 빗소리. 창문을 노크하는 빗소리. 심장을 때리는 빗소리. 빗소리의 여러 리듬을 좋아한다.

빗소리가 들려오면 멜랑콜리해진다. 이별한 적도 없이 이별한 것 같고. 미워할 사람이 없는데 미워하고 싶고. 죄진 적도 없는 누군가를 용서하고 싶고. 그리고, 그리고.

빗소리가 주는 분위기가 있다. 비 자체의 느낌도 그렇거니와 비와 동반되는 먹구름과 축축함이 한몫한다. 반복된 여름의 학습일까. 이제는 창밖을 모른 체하고 빗소리만 들어도 빗속에 있는 기분이 든다.

구현우

작사가가 될 줄은 몰랐다. 정말로. 이렇게 될 줄 몰랐다.

동네 또래 애들처럼 나도 자랐다. 티브이를 통해 발라드와 테크노라는 음악이 있다는 걸 아는 정도였다. 누구나 아는 그 정도. 당시 누나는 H.O.T와 신화의 팬이었다. 방송에도 나오고. 포스터가 있고. 팬클럽이 있고. 다른 세계로 보였다. 호기심도 생기지 않았다. 나는 멋이나 유행에 민감하지 않은 오히려 뒤떨어진 아이였다. 사이즈가 큰 청재킷을 자주 입고 다녔는데 그 또한 누나가 질렸다며 나에게 물려준 거였다. 누나에게도 컸고 나에게도 컸다. 외삼촌이 입어도 컸다. 힙합 스타일의 패션이 유행이어서 그랬는지 친구들은 교복 바지도 통을 늘려서 펑퍼짐하게 입었다. 모두가 평범함을 거부했다. 그래서 평범하게 사는 게 제일 평범하지 않았다. 밀레니엄이 다가오고 있었다.

조금은 뒤처지면서 나 또한 시대에는 순응했다. 보아의 《No.1》 테이프를 샀고, 에이브릴 라빈의 1집을 MP3에 넣었고(128MB라는 한계 때문에 백스트리트 보이즈의 〈As Long as You Love Me〉를 지워야 했다), 〈안 되나요〉를 컬러링으로 했다. 취향이랄 게 없었으니 남들 하는 대로 그냥 했다. 나라는 한 사람이 되지 못하고 사람들의 물결 속으로 연신 휩쓸리는 기분이었다. 그러나 분명, 사람들 틈에서 혼자를 실감할 수 있는 순간도 있었다. 함께이면서 동시에 혼자일 수 있다는 것. 나 혼자여도 괜찮다는 것. 밤늦게 시작해서 자정 무렵에 끝나는 라디오 채널을 틀면 그랬다. 채널명을 외우지도 않았다. 지직거리는 노이즈 속에 주파수를 돌리다 보면 나오는 채널이었다. 디제이는 토이의 유희열이었다. 내내 차분한 톤과 소소한 웃음이 좋았다. 그 시간의 방송도 좋았지만 주파수가 맞지 않는 그 사이도 좋았다. 빗소리처럼. 비가 내리지 않아도 빗소리처럼. 이상한 위로가 생겼다. 빗소리가 세상의 소음을 잠시 눌러주듯 안심하게 만드는 힘이 있었다. 옆집에서 말하는 양 조곤조곤 그리고 친절한 유희열의 목소리. 채널이 잠시 어긋나거나 안테나 문제로 생기는 노이즈의 빗소리. 그게 유일하게 내 마음을 덮어주는 이불 같았다.

그 시간이 없었다면 음악을 만들고 싶다고는 생각하지 않았을 텐데.
세상에는 수많은 아름다운 멜로디로 가득하지만
조금씩이라도 내 마음과 달랐고
나에게는 내 몸과 내 몸의 온도에 맞는 이불이 필요했다.

/////

비가 내리는 순간에 실제 풍경은 별로 중요하게 되지 않곤 한다. 추리소설처럼 비가 반드시 사건을 함께 몰고 오는 건 아니니까. 비가 내리는 순간에는 비와 어울리는 기억이 소환된다. 뮤직비디오 속의 극단적인 사고 신이 펼쳐진다. 데려온 일주일 동안 앓다가 죽어 아파트 뒷산에 묻어줬던 병아리의 무덤이 그려진다. 일생일대의 승부를 앞둔 카우보이의 심정이 된다. 이전까지의 삶보다 훨씬 비극적인 일이 벌어질 거라는 예감이 든다.

중2병이다.

꼭 비가 오면 심해진다.

뭐 어때. 상상되는 걸.

빗속에 있어도 또 다른 빗소리가 들려오는 이유다.

//

솔직히 말하자면(이렇게 입버릇처럼 말하는 사람들이 있는데 정말 솔직히),

우스갯소리로 들리겠지만, 마감을 앞두고 백지를 멍하니 쳐다보게 될 때 내가 가장 먼저 하는 생각은 '아… 비나 좀 내려볼까…?'다. 비가 오는 배경을 만들면 앞으로 이야기를 끌어갈 수 있다는 믿음 때문이다. 적당히 감성적이고. 있어 보이고. 원고가 망해도 아주 확 망하지는 않을 것 같다. 당연히 착각이다. 대부분은 그런 배경 하나만으로는 아무것도 할 수 없기에, 생각에 살을 붙이다 보면 나중에는 '비가 오든 말든' 상관없어지곤 한다. 하나 비가 아니어도 되는 이야기가 나왔어도 비와 무관한 건 아니다. 그런 의미에서 나에게 비는 일종의 촉매제나 마찬가지다. 일단 비가 오면 뭐라도 될 것 같다.

그런 괜한 믿음은 장르를 넘나든다. 기타가 구슬프거나 피아노

건반이 슬픈 색을 띠면 '아… 비를 좀 내려볼까…?' 하는 마음이 든다. 물론 그럴 수는 없다. 곡과 정말 딱 어우러지지 않는 한 함부로 그랬다가는 낭패를 보기 쉽다. 대신 비가 오는 시안1로부터 출발해서 비가 오지 않는 다른 컨셉의 시안2, 시안3 등을 끄집어내 보면 곡과 정말 매칭이 잘되는 분위기를 감각할 수 있다. 그러니까 내가 처음에 비를 떠올릴 때는 "비가 내리는 날"과 "맑은 날"로 구분되는 게 아니라 "비가 내리는 날"과 "비가 내리지 않는 날"로 구분된다.

　　연출의 차이다.

/ / /

　　나는 빗속에 녹아 있는 눅진한 색감이 좋다. 네온이 화려하게 뭉개진다. 약간 외진 골목으로 돌아 들어가면 흑과 백으로 이루어진 정경이 전부다. 흑백영화를 보는 느낌이다. 진해에 살던 90년대 초, 창원에 있는 할머니 집의 텔레비전이 꼭 그랬다. 오래된 탓에 컬러가 싹 빠지고 흑백으로만 송출되는 상태였다. 〈전국노래자랑〉도 〈9시 뉴스〉도 그랬다. 이상하게 할머니 집 텔레비전으로 세상을 보면 내가 태어나기도 전의 과거로 돌아간 것 같았다. 〈내일의 날씨〉 중간에 찰리 채플린이 깜짝 등장해도 놀라울 게 없을 듯했다. 바로 그 흑백텔레비전과 얽힌 무서운 일이 있었다. 부모님을 따라 할머니 집에 갔던 어느 날 나 혼자 기묘한 만화를 보는 와중에 비가 내렸다. 만화의 내용은 이랬다(유년 기억의 재연이므로 정확할 리 없으니 적당히 각색해서 여기 써보기로 한다).

110
구현우

한 회사원이 술기운에 취한 채 노점상을 하는 노파에게 "쓸모가 없는 라이터"를 산다. "쓸모가 없는 라이터"는 라이터의 원래 용도처럼 쓸 수가 없다. 불이 붙질 않는다. 불이 나오지를 않는다. 담배를 한 대 피우고 자려던 회사원은 괜한 걸 샀다고 생각하며 잠든다. 다음 날 그는 기이한 경험을 한다. 담배를 입에 물 마음조차 들지 않았던 것. 애연가를 넘어 거의 숨 쉴 때마다 담배를 무는 그에게는 말도 안 되는 일일 수밖에 없었다. 다음 날에도 노파는 노점상을 하고 있었고 이번에는 "쓸모가 없는 지우개"를 팔았다. 회사원은 우연이었더라도 이걸 계기로 금연을 하게 되었다면 그것만으로도 가치가 있었던 거라며, 당근마켓에 차차 맛 들리듯 지우개를 구매한다. 이번 경험은 더 놀라웠다. 수기로 적는 서류든 타이핑한 보고서든 단 하나의 오타도 없었던 것이다. 처음에는 운이 좋은 줄만 알았지만 이틀, 사흘, 나흘도 지나 일주일간 같은 현상이 생기자 "라이터"와 "지우개"가 "쓸모가 없"다는 의미를 알게 된다. 귀신에 홀린 것처럼 노파를 찾아가자 이번에는 "쓸모가 없는 지갑"을 권한다. "쓸모가 없는 지갑"을 산 다음부터 회사원은 지갑 안에 담아둘 수 없을 정도의 부를 축적하기 시작한다. 실수도 없고 실패도 없고 살도 찌고 모든 것을 얻은 그는 죽음만을 두려워하게 된다. 노파는 그에게 마지막 장사라며 "쓸모가 없는 관"을 보여준다. "쓸모가 없는 라이터"를 권할 때부터 그랬지

빗속의 빗소리

만, 노파는 항상 그에게 살 것인지 말 것인지 최종적으로 선택하게 했다. "쓸모가 없는" 시리즈로 항상 이득만 봤던 그는 단 하나의 의심도 없이 관을 구입한다. '이제 영생을 얻었어!' 그는 미소 짓는다. 온갖 부와 명예를 손에 넣었으니 자신만의 성을 건축하려고 한다. 바다가 잘 보이는—뷰가 아주 좋은— 완전 숨이 탁 트이는 언덕에다가. 아무도 범접할 수 없게 바벨탑처럼 쌓으려고 한다. 거대한 성이 완공되기 바로 직전. 완성의 순간을 놓치기 싫은 그가 언덕 한편에서 욕심 많고 기름기 많은 얼굴로 현장을 지켜본다. 시청자가 다 불안하게 악천후 속이다. 완성과 동시에 갑자기 폭우가 몰아치고 벼락이 떨어진다. 거의 글자 그대로 폭풍의 언덕이다. 성이 비틀대기 시작하며 지반이 흔들린다. 성이 무너지고 언덕이 무너지고 그는 그렇게 함께 무너져 바다에 떨어진다. 훗날 경찰이 그를 찾기 위해 노력하나 몇 달간 시체는커녕 작은 흔적조차 발견할 수 없자 실종으로 처리하게 된다. 노파는 "쓸모가 없는 관"의 의미를 마지막의 마지막에는 알았을 것이라며 꺼림칙하게 웃는다. 수미상관 구조로 된 이 만화는 노파가 또 다른 회사원에게 "쓸모가 없는 라이터"를 사지 않겠느냐 권하며 끝난다.

만화를 보고 나왔는데 그리 찜찜할 수가 없었다. 할머니가 있는 마을은 먹구름이 끼면 정말로 온통 흑백이어서 만화의 연장처럼 보였

구현우

다. 할머니가 갖고 가라며 내 손에 꼭 쥐여 준 우산이 '쓸모가 없는 우산'일까봐 불안했다. 정말 '쓸모가 없는 우산'이었다면 어땠을까? 언제 그랬냐는 듯 비가 그치고 그 이후의 생에도 내가 있는 곳에는 비가 안 내리게 됐을까? 그건 너무 싫다. 나는 맑은 날만 보고 싶지 않다.

만화의 교훈이나 상징 따위를 떠나서, 나는 비 오는 날의 흑백에 각인된 그 불쾌한 느낌도 이상하게 좋다.

//////

비 냄새도 빠뜨릴 수 없지. 그건 비와 빗소리의 여운 같은 것. 비 냄새가 머무는 공기는 축축하고 산뜻하다. 처마끝에서 떨어진 빗방울이 웅덩이를 향해 낙하한다. 빗소리는 작고 선명하게 이어진다. 페이드 아웃한다. 눈물을 닦아도 슬픔이 멈추지 않는 것처럼. 이어진다. 지우려 할수록 번지기만 하는 잉크의 얼룩처럼. 치워도 치워도 나오는 실내 바닥의 길고 짧은 머리카락처럼.

비 냄새가 달아나기 전에 산책을 한다. 당장 맑게 갠 하늘이 아니라면 더 좋다. 비가 한 번 더 내리면 비 냄새에 비 냄새가 더해질 테니까. 조금 젖어도 좋지. 나는 산책 중에 생기는 문제는 대부분 어쩔 수 없다고 생각한다. 오히려 변수가 있어야 즐겁다. 매일 걷던 산책로 사이에 모르는 길이 보이면 그쪽으로 가고 싶다. 헤매는 시간도 산책의 일부다. 그러다 진짜 비가 쏟아지면 다 젖는다. 옷에 비 냄새가 밴다. 길거리에서 맡는 비 냄새와는 조금 다르지만(잠시 후면 역해지지만) 그래도 좋다. 한 시절을 이렇게 통과하기도 하는 것이다.

////

비가 멎어도 빗소리는 멎지 않는다. 잊을 수 없는 날의 빗소리는
그렇다. 기다리는 연락이 오지 않을 때. 혼자라는 사실이 무서울 때. 빗
소리는 닫힌 방문을 넘고 두 귀를 꼭 막은 두 손을 통과한다. 이명처럼
떠나지 않는다. 무슨 수를 써도 안 된다. 그때 빗소리는 이미지다. 귓가
를 끊임없이 맴도는 이미지다.

나는 그 이미지를 하염없이 받아들인다. 당신을 만났던 일. 당신
을 만나지 못했던 일. 여의도. 종로. 합정. 그게 그거 같은 도로. 공원.
홍대. 신촌. 순환되는 지하철 2호선. 을지로의 포장마차. 한밤중의 통
화연결음. 대학가의 분식집. 대학가의 술집. 550년을 산 은행나무. 그
게 그거 같은 아파트. 광명사거리. 응암오거리. 여기에도 거기에도 있는
편의점. 스물의 기억. 스물하나의 기억. 스물일곱의 기억. 스물일곱 이후
의 기억.

이것은 나로부터 혹은 사랑으로부터 남겨진 기록이 아니다. 이것
은 모두 비의 기록이다.

구현우

///

빗소리는 언제나 나를 움직이게 한다. 빗속에서는 마음이 미동한다. 슬프다고 말하지 않아도. 눈물 흘리지 않아도. 울음을 우는 방법을 몰라도. 빗소리는 이미 나를 대신한다.

구현우

시집 『나의 9월은 너의 3월』이 있다. 구태우라는 이름으로 작사가로 활동하고 있다.

빗속의 빗소리

나를 둘러싼 상자가 허물어질 때

— 물푸레 재즈싱잉

디바야누스 잼* 데이

눈부시다.

빛나는 저 기쁨을 나는 안다.

서서히 솟아오르는 감정을 받아내며 온몸이 미묘하게 떨려오는 느낌.

조마조마하면서도 그 고비를 넘겨 다시 노래에 빠져들 때

터져 나오는 자신의 목소리에 오히려 깜짝 놀란다.

같이 음악을 만들어가는 연주자들의 플레이가 어느 순간 갑자기 구

---

*잼(Jam): 재즈의 특이한 연주 형태로서, 사전 연습 없이 다른 연주자들과 즉석에서 연주하
는 것을 말한다. 주로 '재즈 스탠다드'로 분류되는 곡을 연주하며, 즉흥적인 요소가 많이 개
입되어 연주자들이 기량을 마음껏 펼치기 좋다.

분되어 들리기 시작한다.

자신을 바라보는 관객의 진지한 시선을 정면으로 받아내는

저 모습은 분명 재즈 뮤지션의 그것이다.

그 곡을 부르는 5분 남짓한 시간만큼은

무대에 선 재즈 가수의 전율하는 심장이 그들 가슴에서 두근거린다.

몇 달에 걸쳐 몇 번이나 시도한 끝에 드디어 긴장되고 무섭기만 하던
무대 위에서 웃음을 짓는다.

멋쩍지만, 여유 있게.

때로는 농을 부리며 관객을 희롱하기도 하고

실수를 잊고 털어내며 다음 프레이즈로 직진한다.

작심하고 음악을 준비하는 많은 잼 참가자들이 관객이 되어주는

진짜 재즈클럽의 잼 무대 위로 환호와 박수 소리가 아낌없이 날아들고

감사의 인사마저 끝낸 그 얼굴 위엔 벅찬 미소가 번진다.

오늘 이 자리를 위해 얼마나 혼자 준비했는지를, 나는 그저 짐작만 할
수 있을 뿐이다.

물푸레 재즈싱잉을 시작하다

아마추어들이었다.

호기심에 찬 눈빛으로 북카페 한구석의 피아노 옆에 웅성거리며 모여
앉아 있던,

몇 년 전의 그들은 그저 재즈가 궁금하고, 마침 노래를 좋아하는 사

람들이었다.

　'처음 만나는 재즈싱잉'이란 이름으로 열린 강좌를 시작한 게 2013년, 함께 육아를 한 분들이 합심해 '물푸레 북카페'라는 이름의 마을 문화 공간을 열면서, 나는 평소의 신념대로 '내 이웃과 좋은 음악을!' 나누기 위해 이 모임을 열었다. 간혹 멀리 떨어진 곳에서 오기도 하지만, 주로 가까이 거주하며 기회가 닿는 분들이 모여 점점 마을 동아리처럼 변해 갔다.

　나는 그때, 한 초등학교에서 교육 활동 기부로 어린이 합창단을 만들어 매주 연습하고 때로는 합창 발표회도 참가하던 중이었다. 아무런 자본 없이 누구나 시작할 수 있는 가장 기본적인 음악 활동은 노래 부르기일 것이다. 예전에는 학교마다 필수적이었던 합창이 초등학교에서 점점 사라져가는 것이 너무나 안타까웠다. 아이들에게 순수한 노랫말과 다정한 화음을 더 자라기 전에 경험하게 해주고 싶었다. 아이들은 어른과 달리 음악을 날것으로 받아들였다. 좀 복잡한 화성이나 리듬을 내밀어도 곧잘 따라 불러주어서, 신나는 노래를 하는 어린이 합창단으로 나름 인기도 있었다. 어린이 합창단의 경험을 쌓아가면서 가르친다는 것의 딱딱한 외피를 조금씩 깨어나가게 되었지만, 막상 어른들과 수업을 하려니 막막했다.

　오히려 재즈에 대한 선입관은 내가 갖고 있는 게 아닐까, 사람들이 쉽게 부르지 못하는 장르라는 건 나만의 생각일지도 몰라. 어른들이랑 해도 뭔가 재밌게 할 수 있는 방법이 있을 텐데….

　음반이나 콘서트 혹은 재즈클럽 들을 제대로 접할 기회가 없는 많은

보통의 사람―어른―들은

　재즈는 특별하고 어려운 음악이라는 소문에 선뜻 다가오기 힘들었을
것이기에,

　이번 기회를 잘 살려보고 싶었다.

　재즈싱잉을 시작하게 되면 자신을 표현하게 될 것이고, 한층 적극적
으로 표현하고 싶어질 것이며,

　그것이야말로 세상 사람들이 결국엔 모두 하고자 하는

　가장 인간적인 보통의 것이니까.

　처음에는 무난한 노래들을 골랐다.

　재즈클럽에서 한 번은 꼭 듣게 되는 노래, 무대 위로 날아드는 신청곡

쪽지에 아직도 적히는 노래,

제목 정도는 들어본 기억이 있지만 멜로디와 가사는 드문드문 기억나는 노래들을.

누군가 '재즈'라는 단어만 들어도 괜히 오그라들고 얼음 장벽이 가로막는 것 같다고 한 얘기가 생각나 흥미가 일 만한 친근한 곡들을 미끼로 삼은 것이다.

제목만 들어도, 오 이거 가서 한번 배워보고 싶은데! 하는 마음이 들고 배워두면 적당한 허세를 부리는 데도 유용한 곡들로 추려보니 한 대여섯 곡 정도가 되었다.

(어떤 곡인지 궁금해하고 있는 여러분도 잠깐 생각해보면 다 떠오를 만한 그런 노래들이다. 〈Fly Me To The Moon〉, 〈Somewhere Over The Rainbow〉

물푸레 북카페에서 '물푸레 재즈싱잉' 발표회 축하공연
드럼 이도헌, 베이스 김재환, 보컬 말로, 피아노 이명건

같은 노래는 꽤 유명하지만, 가사를 음미하거나 멜로디를 끝까지 불러본 사람은 많지 않을 것이다.)

첫 해의 계획표는 별 무리 없이 쉽게 만들어졌다.

그러나 첫 번째 해가 끝나려 하자 새로운 고민이 시작되었다.

1년 과정으로 만들어진 강좌인데, 다음해에 다시 한 번 더 하겠다는 신청자들이 대거 생긴 것이다.

지난해에 했던 노래를 다시 또 부르자고 해야 하는 걸까.

이제부터는 한 번도 들어보지 못한 노래들을 조금씩 끼워 넣을 수밖에 없는데,

과연 이탈 없이 끝까지 함께 해나갈 수 있을까.

화음도 멜로디도 다들 처음 듣는 것이라 어려워할 것 같은데… 어렵게 들릴 텐데….

물푸레 북카페에서 내가 할 수 있는 역할을 찾는 데는 일단 성공했지만,

반세기 가까이 그 인기가 식지 않는 올 타임 히트곡만을 선곡하고

이를 매해 되풀이하는 것은 쳇바퀴 위의 무료한 고역이 될 것이었다.

모임에 온 사람들도 나의 이런 심정을 눈치 챘는지 모른다.

'지속 가능한 강좌'가 되려면 어떻게 해야 할까를 고민하던 중에

자주 얼굴을 보게 되어 이제 서로 친해진 분들이 나누는 '잡담'이

어느 날 갑자기, 여느 이야기보다 의미 있게 들려오기 시작했다.

그 이야기들 속에서 나는 상상도 못한 새로운 발견을 하게 되었다.

말로

사람을 만나다

마을에서 노래 강좌를 여는 것은 일종의 실험이었다.

재즈는 보통 사람들이 다가가고 싶어도 너무 아득한 거리에 있는 마이너 장르였고,

소수의 선택된 자들에게만 허락된 어떤 세계라는 인식이 틀린 것은 아니었기에

노래를 좋아하고 호기심이 있다는 것만으로 쉽게 즐기기 어렵다고 믿고 있었다.

그러나 결과는 내 미숙한 예상을 멋지게 비껴나갔다.

길다면 긴 1년을 힘들게 지나왔음에도 불구하고

다시 1년이 소요되는 코스를 과감히 신청하여 결국에는 몇 년씩이나 계속 모임에 나오는 사람들이 생겼다.

해가 거듭될수록 그들은 더욱 열정적으로 변해갔고,

때로는 함께 점심도 먹으며 소소한 일상을 얘기하고 다 풀지 못한 음악적 궁금증을 나누기도 했다.

입시, 무대 데뷔 같은 구체적인 목표가 없는 흥미 위주의 모임이 이렇게 오래 가리라고는 생각지 못했는데,

그들과 몇 년째 시간을 보내면서 나도 서서히 변해가고 있었다.

오히려 그 앞에서 내가 투명해지고 있었다.

지나온 삶의 궤적과 현재의 경로에 묶여 스스로 규정한 음악의 틀 속에 갇혀 있던 나는

나를 둘러싼 상자가 허물어질 때

한 분 한 분이 버텨온 시간의 노고를 알게 되면서, 그들이 부르는 노래의 무작위한 형태를 더욱 잘 감지하게 된 것이다.

의자에 앉아 다른 사람의 노래를 경청하던 이가 곧 자리를 바꾸어 물푸레의 작은 무대에 섰고,

이렇게 몇 번이고 공연자와 관객이 서로 구분되지 않는 시공간을 재빨리 넘나들며 공감하고 감상을 나누는 한 덩어리가 되어가고 있었다.

삶의 지난한 상자 속에서 힘들다고 감히 외쳐볼 생각도 못한 사람들이었다.

육아와 살림에 지쳐버렸거나, 혹은 이겨 내고 싶은 사람들,

사랑하는 것들의 상실 앞에서 무력했던 사람들이었다.

일상의 평온함과 무료함을 벗겨낸 자리에서 자신도 모르는 불꽃을 발견한 이들,

불확실한 미래의 무게를 덜어내고자 하는 이들도 있었다.

어느 정도의 세월을 살아낸 후에도 아직 꺼지지 않은 열정과 호기심을 그대로 간직한 이들이었다.

자신도 미처 모르는 음악적 자질을 깨달아가는 이들이었고

이제껏 알게 된 인생의 비밀을 슬쩍 얹어낼 수 있는 음악을 찾아왔기에

문화센터의 평범한 노래 강좌는 분명히 내키지 않는 이들이었다.

마음속에 끝없이 노래가 물결치고 있었지만

흠뻑 젖고 싶은 노래를 아직 만나보지 못한 이들이었다.

희미한 어린 시절의 음악적 욕구를 바야흐로 펼칠 기회가 온 사람들

말로

이었고

　1년의 시간으로는, 10곡 정도의 노래로는 아무래도 둘레길만 걷는 것 같아

　새로운 곡들이 무성한 가파른 숲길을 끊임없이 궁금해하는 사람들이었다.

　매년 월요일 아침마다 줄곧 개근한 탓에 이제는 모를 것이 없을 것도 같은 사람들,

　그럼에도 몇 년 동안 배워 온 블루스가 아직도 안 불러진다며

　선창하는 내 입 모양을 자세히 볼 양으로 동그랗게 커진 눈을 하고서

　한마디라도 놓칠세라 가사는 미리부터 다 외워 와버린 사람들,

　이 나이에 재즈를 만나지 않았으면 무엇을 했겠냐며

　부르면 부를수록 깊어지는 맛을 천천히 음미하고

　목소리 하나로 타인의 삶과 깊게 연결되는 법을 알게 된 사람들이었다.

　사소하게 나누는 이야기 속에서 한참을 웃다가도

　차마 입말로 못한 이야기는 노래에 담아 때로 울부짖게 되는 사람들,

　속 깊이 힘들고 우울한 마음을 싣는 법을 찾아

　우아함을 양보하지 않으면서 때로 끊어지는 절창을 마다하지 않게 된 사람들,

　맡길 데 없이 같이 온 아이가 다리에 감겨들어오는 발표 시간에

　흔들리는 목소리로 끝까지 노래를 마치고서

　집에서는 그 노래를 아이가 같이 흥얼거린다며 조그맣게 기뻐하는 사람들이었다.

나를 둘러싼 상자가 허물어질 때

그들의 이야기를 들으며 매번 진한 삶 속으로 섞여 들어갔다.

재즈를 처음 시작하던 때의 내 소망은 세 살배기가 무의식적으로 흥얼거리듯 자연스럽게 노래하는 것이었다.

이미 알고 있는 것들을 잊지 않으면 안 되는 이 천진한 진심의 작업을 이들과 함께라면 깊이 나누어도 좋으리라.

친목 모임에 가까워진 다정한 분위기 속에서 나는 얘기 나누는 법을 서서히 깨달아갔다.

대화법

— 마음껏 실수하세요. 그 순간 즉흥은 시작됩니다.

— 실수를 할 때도 있지만 삽시간에 지나가버려서 청중은 알아채기가 어렵습니다.

— 실수하지 않는 노래는 즉흥이 아닙니다. 연습한 대로만 부른다면 실수도 즉흥도 없겠지요.

— 부르고 싶은 대로 부르세요. 그리고 자신을 믿는 겁니다.

— 내 노래가 어떻게 '들릴'지가 아니라, 내가 어떻게 '부르고 싶은'지를 먼저 느껴보세요.

— 내게 주어진 악기—단 하나뿐인 그 목소리—를 즐기세요. 나쁜 목소리는 없습니다. 연주법을 모르는 것뿐이죠.

— 내가 만족시키고자 하는 첫 번째 관객은 나 자신입니다. 싫어하는 관객은 나가겠거니 하세요.

— 이 노래는 별로 마음에 안 든다고요? 해석이 적절하지 않아서 그렇게 들리는 겁니다.

— 오늘 발표한 노래가 부끄러워져 이불킥을 할 수도 있지요. 걱정 마세요. 다음주에, 또 그다음 주에도 계속 부끄럽다 보면 드디어 뭐가 부끄러웠는지 기억이 안 날 때가 옵니다.

— 재즈곡도 본질은 여느 노래와 같아요. 결국 가사가 핵심인 한 편의 단막극이지요. 지금 나는 어떤 모습의 주인공인가요?

— 이 곡이 '이상하게' 들리나요? '낯설어서' 그런 겁니다. 반복해서 부를수록 점점 아름다워집니다.

— 재즈 가수는 테크닉으로 승부한다고 생각하겠지만, 감정이 없는 테크닉은 무의미해요.

— '그 음을 부를 수 있다.'에서 그치면 안 되겠지요. 왜 그 음을 부르고 있나요? 무엇을 표현하려고?

— 제가 방금 부른 것을 똑같이 따라하지 않는군요. 바로 그거예요! 마음이 가는 대로 부르세요.

— 마음을 표현하고 싶지요? 마음은 귀에 있어요. 귀를 열고 다른 악기가 내는 소리를 같이 들어보세요.

— 너그러워지세요. 자신에게도, 듣는 이들에게도. 우리 모두는 위로받고 싶은 영혼들이잖아요.

— 아름다운 목소리가 가질 수 없는 게 있어요. 추한 목소리가 토해내는 고뇌들이랍니다.

나를 둘러싼 상자가 허물어질 때

재즈싱잉 발표회

재즈싱잉을 처음 만나는 사람들로서는 마음 가는 대로 부르라니, 당황하기도 했을 것이다.

박자와 음정으로 테가 둘러진 길을 살짝 벗어나 발걸음을 아무렇게나 헝클어버리고서

나타나는 새로운 노래의 길을 용기 있게 따라가다 보면

대충 길 언저리만 거닐어도 충분히 풍경을 느낄 수 있는 신기함이 있었다.

그렇게 자유를 얻은 노래는 점점 더 재미있고 흥미진진한 모험이 되어갔다.

즉흥이 필연적인 재즈곡은 실제로 관객들 앞에서 불러보지 않으면 미완성으로 끝난다.

곡을 마칠 때마다 한 달 단위로 부지런히 발표 기회를 갖기도 하지만

1년 코스를 완주했다는 것을 축하하기 위해 연말 발표회를 매년 마련했다.

꼼꼼히 편곡해서 여러 번 리허설하고 물푸레 북카페의 피아노 옆에 자그만 무대를 만들어

음향 장비를 갖추고 프로 연주자들을 초청하니 근사한 재즈클럽 같은 공간이 연출되었다.

발표회가 시작되는 오후 4시,

다들 자신의 한계를 부술 준비가 되어 있는 것이 보인다.

마이크 앞으로 걸어가는 그들의 결연한 표정과 긴장된 숨소리에 나도 같이 들뜨고 흥분한다.

내가 까마득히 잊어버린 첫 무대의 떨림을 그들은 온몸으로 맞는다.

매일 얼굴을 마주 대하는 가족들 앞에서

늘 마주치게 되는 친구들과 마을 사람들 앞에서

그들은 촉촉해진 눈동자를 빛내며

오랫동안 준비한 작은 이야기를 시작한다.

동화 속 인물처럼

내일 다시 일상으로 돌아가야 하겠지만

이제 그 일상은 이전과 같을 수 없으리라.

노래에 담긴 이야기들을 하나하나 새기며

이윽고 하나가 되어버린 마음,

그들의 노래에

나는

운다.

말로

"재즈를 연주하는 데 대한 보상은 바로 재즈를 연주하고 있다는 것이다."라는 말에 깊이 감사하며 24년째 활동 중입니다. 매주 수요일 재즈클럽 디바야누스에서 맘 편히 노래할 수 있어서 정말 다행이지요.

나를 둘러싼 상자가 허물어질 때

정진영 ✳ 소설가

라디오에 귀를 기울이면

내가 무언가에 집중할 때면 문득 떠오르는 오래된 소리가 있다. 내 손으로 근사한 무언가를 만들어낸 최초의 순간에 들렸던 소리. 그 소리는 내게 새로운 세계를 열어줬고, 나는 그 세계의 어깨 위에 서서 또 다른 세계를 굽어봤다. 지금까지 그래왔듯이 앞으로도 나는 그 오래된 소리의 잔향 속에서 새로운 세계와 만나고, 그 세계 안에서 의미 있는 무언가를 끊임없이 만들어보려고 발버둥칠 계획이다.

30여 년 전 '국민학생'이었던 나는 날마다 학교 주변 문방구 앞을 기웃거리는 어린 타짜였다. 나를 타짜로 만든 건 문방구에 설치된 '짱깸뽀' 게임기였다. 가위바위보에서 이기면 100원을 최대 20배까지 불릴 수 있는 '짱깸뽀' 앞에서 나처럼 주머니 가벼운 아이들은 매일 갈대처럼 흔들렸다. 아이들은 대부분 게임에서 져 용돈을 날렸지만, 쉽게 '짱깸뽀' 앞을 떠나지 못했다. 자신의 다음 차례 혹은 그다음 차례에 꼭 100원을 몇 배로 불리는 아이들이 나타났기 때문이다. 그게 미끼인 줄도 모르고 눈이 돌아간 아이들은 친구에게 돈을 빌려 다시 게임을 하다가 빚쟁이가 되곤 했다. 게임에서 이겨 돈맛을 본 아이들의 운명도 크게 다르지 않았다. 그런 아이들은 대개 불린 돈을 더 불리려다가 원금까지 탕진하고 친구에게 손을 벌리기 일쑤였다. 나도 그런 아이 중 하나였다. 오래전에 아인슈타인이 말하지 않았던가. 훔치지 않는 한 당신은 룰렛 게임에서 결코 돈을 딸 수 없다고. 그땐 이 바닥의 최종 승자가 문방구 주인뿐이라는 사실을 알기에 너무 어렸었다.

　　그러던 어느 날, 나는 온 동네를 싸돌아다니며 주운 빈 소주병과 맥주병을 팔아 겨우 만든 판돈으로 '짱껨뽀'에 도전해 잭팟을 터트렸다. 무려 두 번 연속으로 100원을 20배로 불리는 기적이 일어났다. 그 순간만큼은 내가 학교 앞 최고의 슈퍼스타였다. 나는 돈을 더 불리고 싶다는 유혹에 사로잡혔지만, 어렵게 얻은 목돈을 결코 허공에 날려버리지 않겠다는 굳은 마음으로 유혹을 참아냈다. 두둑해진 주머니를 뽐내며 문방구 안으로 들어선 나는 완구 코너로 이동해 물건을 살폈다. 완구 코너에는 전자 키트라는 낯선 물건이 여러 개 쌓여 있었다. 아무리 살펴봐도 장난감처럼 보이지 않는 전자 키트 사이에서 '아톰 2석 라디오 키트'라는 이름을 가진 물건이 내 눈에 띄었다. 가격은 2,500원이었다. 고작 2,500원에 라디오를 살 수 있다니. 나는 미니카나 에어건을 사서 가지고 노는 일보다 나만의 라디오를 장만하는 게 훨씬 재미있을 것 같아 키트를 집어 들었다. 설명서를 보지 않고도 능숙하게 복잡한 프라모델을 조립했던 나는 라디오 키트 역시 프라모델과 다를 게 없을 거라고 쉽게 넘겨짚었다.

　　집으로 돌아온 나는 몹시 당황했다. 라디오 키트 박스 안에는 이름 모를 여러 전자 부품과 손바닥만 한 기판, 설명서만 들어 있을 뿐이

정진영

었다. 라디오 키트는 프라모델처럼 부품만 조립하면 완성할 수 있는 물건이 아니었다. 전기인두, 땜납, 니퍼, 롱노즈 플라이어 등 기본적인 도구가 없으면 손을 대는 일 자체가 불가능한 물건이었다. 나는 라디오를 가지고 싶다는 욕심을 포기하지 못해 어머니에게 키트 완성에 필요한 도구를 사달라고 졸랐다. 장난감을 사주는 데 몹시 인색했던 어머니는 직접 라디오를 만들어보겠다는 아들이 기특했는지 선뜻 지갑을 열었다. 다시 문방구로 달려가 도구를 장만한 나는 오랜 시간 설명서를 보고 머리를 싸맨 끝에 겨우 라디오 키트를 완성했다. 전기인두를 다루는 게 서툴러서 기판의 납땜 상태가 엉망이었다. 방에는 눈을 따갑게 하는 매캐한 납땜 연기 냄새가 진동했다. 나는 떨리는 마음으로 라디오 키트에 네모난 9볼트 건전지를 연결하고 전원을 켰다. 이어폰에서 잡음이 들렸다. 나는 주파수를 이리저리 조정했다. 잡음 속에서 서서히 누군가의 목소리가 들리기 시작했다. 그날 나는 동네에서 처음으로 개인 라디오를 가진 아이가 됐다.

이후 '짱깸뽀'와 작별한 나는 용돈을 모아 프라모델 대신 새소리 키트, 경보기 키트 등 각종 전자 키트를 사들였다. 트랜지스터 두 개로 이뤄진 단순한 2석 회로로 시작한 라디오 조립은 4석에 이어 6석, FM 라디오 조립으로 이어졌다. 납땜 실력도 나날이 발전했다. 나는 라디오 조립 경진대회에도 참가해 큰 상을 몇 번 받기도 했다. 어린 타짜가 느닷없이 과학 소년으로 변신하자, 고무된 어머니는 더 자주 지갑을 열었다.

라디오는 내게 동네 밖에 훨씬 넓은 세상이 있음을 알려줬다. 내가 주로 라디오를 청취한 시간대는 밤이 깊은 오후 10시 이후였다. 잠

라디오에 귀를 기울이면

자리에 든 나는 이어폰을 한쪽 귀에 끼운 채 모로 누워 라디오 주파수를 조정했다. 밤에는 낮에 들을 수 없었던 다양한 방송이 라디오에 잡혔다. 일본 방송이 종종 한국 방송 못지않게 선명하게 들렸고, 중국 방송이 희미하게 들릴 때도 있었다. 무슨 내용인지 알아들을 수는 없었지만, 라디오가 미지의 세계와 나를 연결해준다는 사실 그 자체만으로도 흥분됐다. 가장 흥분되는 순간은 북한 방송이 들릴 때였다. 북한 방송이 들리는 시간은 해 뜨기 전 새벽이었다. 북한 소식을 보도하는 TV 뉴스로나 가끔 접했던 과장된 억양의 목소리와 군가로 짐작되는 노래들. 북한 방송을 들을 때마다 나는 마치 남파간첩이라도 된 듯 긴장하면서도, 동시에 짜릿함을 느꼈다.

　　새벽에 들리는 북한 방송의 은밀한 매력에 빠진 나는 해적방송 흉내를 내기도 했었다. 방송 장비는 내가 서점에서 구한 회로도를 참고해 직접 만든 허접한 FM 무선 마이크였다. 모양은 허접해도 작동은 제대로 하는 물건이었다. 안방에 있는 라디오에서 내 목소리가 선명하게 들릴 정도의 성능은 갖추고 있었으니 말이다. 나는 온 동네에 있는 라디오에 내 목소리가 울려 퍼지길 기대하며, 내 방에서 마이크로 한참 동안 떠들어댔다. 방문 앞에 '방송 중'이라는 쪽지까지 붙였을 정도로 해적방송에 임하는 내 태도는 꽤 진지했다. 방송 다음 날, 나는 밖에서 마주치는 동네 어른들에게 인사하며 라디오로 내 목소리를 들었는지 물었는데 허사였다. 내가 만든 마이크는 요즘에 흔한 싸구려 블루투스 마이크보다 훨씬 조악한 물건이었다. 그런 물건으로는 내 목소리를 실은 전파가 온 동네는커녕 바로 옆집에도 닿을 수 없었다. 내 방송을 들은 사람은 아

정진영

마도 얼굴에 얇게 썬 오이를 붙인 채 안방에 누워 있던 어머니뿐이었을 테다.

　이후 라디오는 사춘기 시절에 나를 음악이라는 더 짜릿한 세계로 이끌었다. 라디오를 통해 음악을 듣는 귀가 조금 트인 내게, 심야 라디오 방송은 새로운 음악의 보고였다. 특히 〈전영혁의 음악세계〉는 그 시절에 들었던 방송 중 가장 기억에 남는 방송이다. 〈전영혁의 음악세계〉는 다른 음악 방송에서 들을 수 없는 국내외 다채로운 장르의 음악을 선곡했다. 추억으로 보정된 기억일지도 모르지만, DJ 전영혁의 선곡은 요즘 유튜브나 음원 사이트 큐레이팅 시스템이 따라갈 수 없을 정도로 훌륭했다. 담담하고 절제된 DJ의 목소리도 좋았다. 무엇보다도 이 방송의 가장 큰 매력은 DJ의 멘트가 거의 없었다는 점이다. 종종 귀한 해외 아티스트의 앨범을 멘트 없이 통째로 들려주는 날도 있어서 방송 전에 공테이프를 준비하는 일이 필수였다. 잠을 줄이고 부지런히 움직이면 앨범 한 장을 공짜로 손에 쥘 수 있으니 이보다 알짜인 방송이 없었다. 그 시절 내게 라디오는 최고의 음악 선생이었다.

　무언가를 진심으로 좋아하게 되면, 좋아하는 수준에서 멈추기 어려워지곤 한다. 라디오를 통해 음악에 빠진 나는 직접 음악을 연주하고 싶어 기타를 손에 쥐었다. 서점에서 구입한 『이정선 기타교실』을 보며 통기타를 독학했던 나는, 이후 어머니를 졸라 일렉트릭기타를 구입해 로커 흉내를 내며 폼을 잡았다. 라디오를 비롯해 각종 전자 키트를 만지는 동안 쌓은 잡다한 지식과 기술 덕분에, 나는 직접 일렉트릭기타의 픽업을·갈고 각종 부품을 개조할 수 있었다. 기타에 취미를 붙인 후에는 작곡에 흥미를 느껴 컴퓨터로 음악을 만드는 데 필요한 미디까지 독학하기에 이른다. 꽤 오랜 세월이 흐른 후 나는 직접 만든 곡을 담은 앨범을 발표하며 뮤지션이라는 꿈을 소소하게 이루기도 했다.

라디오 만들기에서 음악 감상으로, 음악 감상에서 기타 연주로, 기타 연주에서 작곡으로 이어진 내 호기심의 여정은 뜻밖에도 글쓰기라는 엉뚱한 길로 흘러들어갔다. 내가 글을 쓰게 된 계기는 자작곡에 가사를 붙이기 시작하면서부터였다. 나는 가사를 쓰면서 멜로디와 어울리는 단어와 표현을 고르고 조합하는 과정에 재미를 붙였다. 이후 가사보다 조금 더 긴 글을 쓰다 보니 어느새 소설을 쓰고 있는 나를 발견했다. 이 모든 게 오래전에 직접 만든 2석 라디오가 들려준 잡음 섞인 방송에서 시작됐다는 게 그저 놀라울 뿐이다.

최근에 운전하다가 카오디오의 버튼을 잘못 눌러 의도치 않게 라디오를 켠 일이 있었다. 카오디오를 블루투스 모드로 재설정하려는 순간 차가 터널에 진입했고, 라디오 방송에 잡음이 끼어들었다. 매끈한 디지털 음원에 익숙해진 내 귀에 오랜만에 들리는 잡음이 신선했다. 차가 터널을 빠져나가자 잡음도 사라졌다. 왠지 모를 아쉬움을 느낀 나는 일부러 라디오 주파수를 미세하게 바꿨다. 차가 터널을 지날 때보다 더 심한 잡음이 방송에 끼어들었는데, 볼륨을 줄이자 잡음은 마치 백색소음처럼 듣기 편안해졌다.

잔잔해진 잡음 속에서 나는 소설을 쓰는 일이 어린 시절 내 방에서 시도했던 해적방송과 비슷하다고 생각했다. 소설은 느린 매체다. 누가 자신의 작품을 읽었는지 알기 어렵고, 유명 작가가 아니라면 피드백도 많지 않다. 새 장편소설을 출간할 때마다 출판시장의 반응은 늘 미지근했다. 나 혼자 떠들고, 나 혼자 무의미하게 기다리는 건 아닐까. 내 소설이 가진 힘이 오래전에 내가 해적방송에 사용했던 FM 무선 마이크 수준에 불과한 것 같아 힘이 빠질 때도 있다. 하지만 아무리 조악한 마이크일지라도 여러 개를 모아 넓게 배치해 해적방송을 시도하면, 조금 더 많은 사람들의 라디오에 내 해적방송이 닿지 않을까. 그리고 언젠가는 그 방송에 귀기울여주는 사람도 나오지 않을까. 그런 희망을 품은 나는 1년 전 11년간의 일간지 기자 경력을 접으며 퇴사한 뒤 본격적으로 새로운 소설을 쓰기 시작했다. 있는 일자리도 지키기 어려운 불안한 시대에 겁도 없이 말이다.

'가성비'를 생각하면 소설을 쓰겠다며 퇴사하는 것은 대단히 어리석은 선택이다. 소설, 특히 장편소설 집필은 짧게는 몇 달에서 길게는 몇 년이나 걸리는 지난한 작업이다. 힘들게 소설을 출간해도 얼마 지나지 않아 묻힐 가능성이 크다. 출판시장에서 1쇄를 소화하는 작품은 그리 많지 않고, 독자 또한 많이 팔리는 작품에만 몰리는 게 현실이기 때문이다. 운이 좋아 1쇄를 다 팔고 2쇄를 찍어도, 작가가 손에 쥐는 인세는 1쇄당 100만 원에서 200만 원 수준에 불과하다. 내가 받던 월급의 절반에도 미치지 못하는 돈이다. 그 사실을 뻔히 알면서도 감히 퇴사를 선택한 이유는 내 손으로 무언가를 만들어내는 기쁨을 오래전에 깊이 알아버렸기 때문일 테다. 그 기쁨의 시작에 어린 시절 내가 만든 2석 라디오가 들려준 잡음 섞인 방송이 있었다.

직장에서 벗어나면 얼마 버티지 못하고 시들어버릴 줄 알았는데,

의외로 1년이나 버텨냈다. 그것도 꽤 건강하게 말이다. 앞날을 대충 가늠해보니 당분간은 그럭저럭 버틸 수 있을 듯하다. 풍족하지 않아도 어떻게든 살아지는 게 삶이었다. 나는 버틸 수 있을 때까지 버티면서 해적방송에 필요한 FM 무선 마이크 역할을 할 작품을 부지런히 만들어볼 작정이다. 더불어 나는 수시로 오래된 마음속 2석 라디오의 주파수를 조절하며 해적방송에 귀기울여주는 사람들의 목소리를 찾을 것이다.

언젠가는 꼭 내 잡음 섞인 간절한 목소리가 누군가의 귀에 닿기를. 누군가의 잡음 섞인 다정한 목소리가 내 귀에 닿기를. 그 다정한 목소리에 내가 응답할 수 있기를. 그리고 그날이 너무 늦게 오지 않기를.

정진영

정진영

1981년 대전에서 태어나 한양대 법학과를 졸업했다. 11년간 일간지 기자로 일했다. 2011년 장편소설 『도화촌기행』으로 제3회 '조선일보 판타지 문학상'을 받으며 작품 활동을 시작했다. 장편소설 『침묵주의보』, 『젠가』, 『다시, 밸런타인데이』가 있다. 『침묵주의보』는 JTBC 드라마 『허쉬』의 원작으로 제2회 '백호임제문학상'을 받았다. 미니앨범 『오래된 소품』과 『한국대중음악명반100』(공저)가 있다. 한국대중음악상 선정위원으로 활동 중이다.

라디오에 귀를 기울이면

이현철 * 영화인

홍콩느와르 키드의 생애

"헹 헹 씨우 쎈 쪼이 와이 오 쏭 완 닌

네이 와이 오 쮜 얍 파이 록 컹 딴…"

홍콩영화에 미쳐 지내던 시절이 있었다.

그 시절 나는 중국어는커녕 급한 성격과 짧은 혀로 한국말도 제대로 못한다며 어머니에게 가끔씩 등짝 스매싱을 맞을 때이다. 하지만 상관없었다. 그냥 들리는 대로 읊조렸던 저 노래 가사를 아는 데까지만 계속 되뇌며 한 번도 가본 적 없는 심지어는 어디에 있는지도 몰랐던 강호(江湖)의 의리(義理)가 땅에 떨어진 걸 못내 안타까워했었다. 돌이켜보면 카페라떼는 우유를 빼고 마셔야 제맛이라는 중2병에 다름 아니었다.

마치 강호가 부산의 부전동(학교와 집이 가까워서 자주 갔던 현대극장이 위치한 곳)이나 범일동(부산 씨네필의 성지였던 보림극장과 삼일, 삼성극장이 위치한 곳) 어디쯤에 있는 듯 그곳에 있는 극장들을 기웃거렸다. 무표정하게 총부리를 겨누며 천지가 진동하는 총격 소리와 유혈이 낭자한 영화들을 보면서, 끝까지 강호의 의리를 지키려고 했던 주윤발을 내 눈으로 보며 그가 옳았다고 자조하는 것만으로도 마치 내가 강호의 의리를 지킨 듯한 착각에 빠져서 지냈던 나날이었다. 사실 따지고 보면 극장은 나에게 강호였다. 나름 감수성이 예민하던 시절, 학교와 집이라는 속세를 떠나 나만의 호젓한 삶을 영위할 수 있었던 곳, 다름 아닌 극장이었으니깐….

내가 가지고 있는 강호… 아니 극장에 대한 첫 기억은 1980년이다.

부산 범일동에 불과 몇 미터 간격으로 나란히 있었던 삼일극장인지 삼성극장인지 정확하지 않지만 어떤 누나랑 함께였는데 그 누나가 누군지는 도통 기억이 나지 않는다. 당시 부산은 신발 산업의 호황으로 신발 공장들이 많았는데 그 공장에 다니던 동네 누나 중 한 명인 건 분명한 거 같다.

그 누나가 왜 이제 고작 6살밖에 되지 않는 나를 극장에 데리고 갔는지 모르겠지만 그때 컴컴한 극장에 꽉 찬 사람들과 구운 오징어 냄새 그리고 마지막에 극중 야구선수였던 전영록이 홈런을 치며 "꼭지야!"라고 외친 기억은 간밤에 꿈처럼 희미하지만 머릿속을 떠나지 않았다. 이후 한번씩 그때 그 극장과 영화가 생각났지만 제목이 도통 기억나지 않았다. 한참이 지나고 나서야 인터넷의 발전으로 그 영화 제목이 〈꼭지꼭지〉라는 것을 알게 되었다.

1987년 봄까지 살았던 우리집은 양쪽으로 버스 한 정거장 거리에 극장이 하나씩 있었는데 한쪽은 대명극장이고 또 다른 한쪽은 천일극

이현철

장이었다. 두 곳 다 이미 개봉관과 재개봉관을 돌고 마지막으로 누더기가 된 필름이 상영되던 허름한 2본동시관(서울에서는 동시상영관이라 불렀다.)이었다. 필름 상태가 얼마나 안 좋았는지 스크래치 때문에 마치 비가 오는 것처럼 보이기도 했고 실제로 영화 상영 도중 필름이 끊겨서 상영이 중단되는 경우도 많았다. 그럴 때면 영사실에서 재빨리 끊어진 부분을 붙여서 다시 상영했다. 심할 땐 2~3번도 끊긴 적도 있었는데 그래도 그냥 보던 그런 시절이었다.

더 재밌는 건 영화 상영 중에 컵라면 취식이 가능했다는 것이다. 동네에서 좀 놀던 형들은 상영 중에 담배도 폈다. 다 핀 담배꽁초를 손가락으로 튕겨서 스크린 쪽으로 날리면 스크린 아래 맞고 불똥을 튀며 소멸했다. 요즘에는 상상도 못할 일들이 아무렇지 않게 일어나고 있었다. 관람료는 300원이었는데 당시 육개장 컵라면과 아이스크림 빵빠레와 동일한 금액이었다.

개봉관이었던 부산극장이나 국도극장, 제일극장, 동보극장 등의 관람료가 한국영화 2,500원 외국영화는 3,000원이었으니 거의 10분의 1 금액이었지만 국민학생에게 300원은 결코 적은 돈이 아니었다. 그땐 하루 한 번 "엄마 돈 100원만"이 국룰이던 시절이라 300원 모아 영화를 본다는 건 쉽지 않았다. 그래도 용돈이 두둑한 명절날이면 친구들과 극장을 찾곤 했었다.

〈로봇 태권V〉나 〈똘이 장군〉 같은 만화영화가 하는 날에는 대명극장 앞 육교 위로 줄을 서서 건너편까지 이어져 있을 정도로 인기가 대단했었다. 그 밖에 이젠 제목도 잘 기억 안 나는 쿵푸영화나 무협영화

홍콩느와르 키드의 생애

를 주로 본 거 같다. 어린 나이라 이야기보단 아무래도 몸으로 하는 무술, 액션이 보기 편했던 거 같다. 미국영화 중에서도 액션영화가 많았지만 그래도 중국 무술영화가 좋았다.

그렇게 무술영화를 좋아했던 나는 자연스레 성룡 영화를 좋아했다. 박진감 넘치는 액션에 밝고 정의로운 성룡의 영화는 누구나 부담 없이 즐기기에는 부족함이 없었다. 지금 봐도 재밌는 〈폴리스 스토리〉 시리즈나 홍콩판 인디애나 존슨이었던 〈용형호제 1, 2〉 그리고 성룡 영화 중 개인적으로 제일 좋아하는 〈프로젝트 A〉, 그뿐만 아니라 홍금보, 원표와 함께한 〈오복성〉, 〈용적심〉, 〈쾌찬차〉 등등은 지금도 채널을 돌리다가 케이블 방송에서 마주치면 매번 쉽게 채널을 넘기지 못한다. 액션 장면이 나오면 봤던 장면이라도 그 시퀀스가 끝날 때까지 보기 일쑤이다.

성룡 영화는 보고 나서 극장 문을 나서면 순간, 성룡으로 빙의된 듯 엉터리 중국말(대체로 악당의 이름을 부름)을 중얼거리며 전봇대나 가로수를 한 발로 딛고 또 다른 한 발로 발차기를 하며 같이 보러 간 친구와 급조한 액션 합으로 쉬 가시지 않은 영화의 여운을 만끽하는 것으로 온전한 영화 관람이 끝이 났다.

민주화운동이 한창이던 1987년 봄 이후 우리집은 이사를 했다. 이사를 가면서 대명극장과 천일극장과는 이별을 했지만 다행인지 불행인지 이사를 간 동네에도 극장이 하나 있었다. 신도극장이라는 곳이었는데 역시 2본동시관이었다. 예전에는 신기하게도 한적한 곳에 전혀 극

이현철

장이 있을 만한 곳이 아닌데 뜬금없이 극장이 하나씩 있곤 했다. 신도 극장에서는 당시 유행하던 홍콩 강시영화를 몇 편 본 거 같다.

난 자연스레 홍콩영화의 변천사에 함께하고 있었던 것이다.

영화를 본다는 게 즐겁고 좋았지만 그게 특별하다고 생각하진 않 았다. 곧 다가올 그 영화를 만나기 전까진….

나에게는 3살 많은 형이 한 명 있다. 형은 3살의 터울만큼이나 세 상에 대해 아는 것도 많았고, 나는 그런 형의 정보력이 항상 부러웠다. 지 금 생각해보면 그 정보라는 게 알아도 그만 몰라도 그만인 거 투성이였 지만 세상에 대해 궁금한 게 많았던 그 시절에 형은 한번씩 내가 알지 못 하는 세상에 대해서 이야기해주곤 했었다.

그러던 어느 날, 형은 〈영웅본색〉이라는 살짝 이상한 제목의 영 화 이야기를 했다. 지금은 이상할 거 하나 없는 익숙한 제목이지만 당 시에는 제목도 배우도 다 낯설었다. 근데 묘한 건 이 영화를 이야기하 는 형의 모습이 약간 들뜬 듯 흥분해 있었다는 것이다. 형도 남자였으 니 사나이, 의리, 배신, 복수라는 키워드에 감정을 감출 수가 없었던 것 이었다.

당시 〈영웅본색〉은 국민학교 최고학년인 6학년들은 거의 몰랐지 만 한두 살 위인 중학생들 사이에서도 이미 입소문이 나기 시작했다. 중 학생 형을 둔 덕에 알게 된 이 낯선 영화 한 편으로 내 삶의 방향이 얼마 나 달라질지 그때는 알지 못했다. 그렇게 난 형의 이야기를 듣고 〈영웅 본색〉이라는 영화 제목과 '주윤발'이라는 배우 이름을 내 마음속에 저

장해두었다.

얼마 후 개봉관, 재개봉관을 거쳐 범일동 보림극장에 〈영웅본색〉
이 상영한다는 소식을 듣고 친구 한 명이랑 같이 보러 가기로 했다. 버
스를 타고 가는 내내 드디어 소문의 그 영화를 본다는 생각에 가슴이 두
근거렸다. 보림극장도 2본동시관이었다. 〈영웅본색〉과 같이 상영한 또
다른 한 편의 영화는 〈미미와 철수의 청춘 스케치〉였는데 1987년 그해
한국영화 흥행 1위작답게 재밌었다. 기분 좋게 휴식을 취하고 〈영웅본
색〉이 시작되었다.

깜 얕 워 위 네이 야우 씨 낀 뼁 낀
똥 닌 쳉 치 학 씨 팀 썽 싼 씬

〈당년정(當年情)〉이 울려 퍼지고 영화는 끝이 났다. 영화는 생각
보다 굉장했다. 어린 나이라 많은 영화를 본 건 아니었지만 그동안 한
번도 본 적이 없는 유형의 영화였다. 감히 그 나이 때에는 상상도 못했
던 세계관이었다. 세상에 주인공이 죽는 영화라니… 그것도 수십 발의
총알 세례를 받으며…. 명절날 화약놀이를 하며 맡았던 화약 냄새가 스
크린 밖 극장 객석에서도 진동하는 거 같았다.

피가 그렇게 튀는 영화도 처음이었던 것 같다. 영화인 걸 뻔히 알
면서도 배우들이 진짜 총에 맞은 거 아닐까라는 엉뚱한 상상마저 할 만
큼 리얼했다. 같이 보러 간 친구도 나도 흥분했다. 〈영웅본색〉은 이제

막 수염이 거뭇거뭇 나기 시작한 13살 소년을 단숨에 사로잡았다.

그리고 이후 첫사랑보다 더 먼저 나를 설레고 두근거리게 했던 '주윤발'.

위조지폐를 유통하는 갱스터지만 길거리 노점상이 단속에 걸릴까 봐 노심초사 도와주는 그의 인간미 넘치는 캐릭터는 위조지폐범이 얼마나 사회의 악인지 궁금하지도 중요하지도 않게 만들었다. 그는 동시대 홍콩을 대표하는 액션스타 성룡하고는 결이 완전 달랐다. 성룡 또한 정의롭고 약자에게 다정하고 강한 자에게 강한 면모를 보여주었지만 어떤 정서적인 교감을 불러일으키진 않았다. 적어도 성룡은 죽은 적이 없었으니깐….

나도 형처럼 중학생이 되고 정보량도 확실히 많아졌고 주머니 사정도 나아졌다. 많은 것들이 업그레이드된 나는 정말 많은 홍콩영화를 봤다. 특별한 일이 없으면 거의 주말은 2본동시극장에 기웃거렸다. 그때까지도 개봉관을 갈 정도로 여유롭지는 못했다.

정보량은 많았지만 어느 영화가 제대로 된 영화인지 구분하긴 힘들었다. 당시 〈영웅본색〉의 성공은 홍콩영화계가 비슷한 영화들을 기계적으로 양산하는 부작용을 낳게 했다. 대체로 '영웅'이나 '의리'를 앞세운 아류작과 정말 말도 안 되는 망작들이 쏟아지기 시작했다. 그래도 그중 몇몇 괜찮은 작품들이 계속해서 나를 극장으로 이끌었다.

주말이었던 것으로 기억한다. 그날도 학교를 마치고 가까이에 있던 현대극장 쪽으로 발길을 옮기고 있었는데 어디선가 귀에 익은 선율이 들렸다. 가던 발걸음을 멈추고 주변을 보니 노래 테이프를 파는 어느 노점 리어카의 스피커를 타고 흘러나오는 소리였다. 주말이라 그런지 서면은 많은 인파들로 붐볐는데 순간, 주변이 슬로모션에 걸린 것처럼 느리게 보이더니 그 선율이… 노래가 온전히 내 귓속으로 꽂혔다.

"헹 헹 씨우 쎈 쪼이 와이 오 쏭 완 뇐
네이 와이 오 쮀 얍 파이 록 컹 띤…"

〈당년정〉이었다.
'아… 내가 왜 노래를 잊고 있었지?'
사실 난 〈영웅본색〉을 본 후 〈당년정〉이라는 노래를 잊어버리고 있었다. 영화의 음악까지 특별히 기억할 정도로 영화에 대한 이해도가 그렇게 높진 않았던 것이다.
한참을 서서 그 노래를 듣는데 〈영웅본색〉의 장면들이 주마등처럼 스쳐 지나가며 눈물이 송골송골 맺혔다. 주변을 무심하게 지나가던 사람들 사이에 서서 뜻도 모르는 그 노래를 끝까지 들었다.

그렇게 나는 이 영화 한 편에 홀려 영화판에 들어와 아직 떠나지 못하고 있다. '내가 그때 〈영웅본색〉을 몰랐더라면… 내 인생은 좀 달라졌을까?'
'차라리 내가 우리 형의 동생으로 태어나지 않았다면 어땠을까?'라

이현철

고 생각하는 거처럼 어리석고 부질없는 질문이지만 가끔씩 저런 질문을 하게 된다.

〈영웅본색〉은 이후로도 셀 수 없이 많이 봤다.

아직도 볼 때마다 가슴이 뜨거워지는 것도 사실이다.

나이가 들면서 영화라는 걸 공부하면서 홍콩의 역사적 배경이나 북경어, 광둥어 버전의 영화가 존재한다는 등의 여전히 알아도 그만 몰라도 그만인 지식이 생겼지만 변하지 않는 건 장국영이 광둥어로 부르는 저 〈당년정〉은 여전히 가슴을 울린다는 것이다.

요즘도 가끔씩 영화 일이나 혹은 다른 일 때문에 힘들거나 지쳤을 때 이 노래를 듣는다. 그럼 그때 보림극장에서 〈영웅본색〉을 보던 때가 생각나면서 이상하리 만큼 위안이 된다. 북경어 버전도 들어봤지만 광둥어에 익숙해서인지 광둥어 버전이 여전히 좋았다.

〈당년정〉은 광둥어로 불러주세요.

이현철

주윤발이 내 영화에 출연해줄 날을 기다리며 여전히 미련을 버리지 못하고 이 바닥을 기웃거리고 있는 영화인.

손미 ✳ 시인

Path5

언젠가 겨울, 나는 짐을 꾸려 아이슬란드로 갔다. 거기서 나는 하나의 음악만 들었는데, 막스 리히터(Max Richter)의 〈Path5〉였다. 겨울 옷을 충분히 넣을 캐리어를 새로 사고, 여행사에 의뢰해 비행기표와 숙소를 알아봤다. 서른여덟에 들어간 직장은 공공기관이었는데 그때까지 내가 살아온 방식과는 다른 경직된 법칙들이 있었다. 그 방식을 따라가기 위해 적응하던 때라서 하나하나 숙소를 비교하며 따질 여력이 없었다. 나는 지치고 피곤했다. 출퇴근을 하고 이상한 법칙에 수긍하면서 겸손한 자세로 앉아 있어야 하는 것 자체가 피곤했다. 견딜 수 없겠다 싶어 아무 여행사나 검색해서 전화를 걸었다.

아이슬란드는 링로드라고 해서 동그랗게 한 바퀴를 돌 수 있어요. 네, 그걸로 할게요. 여행사에서 말하는 것은 모두 오케이 했다. 그렇게 입금을 하고, 여행에 대한 서류는 다 준비했는데, 나보다 어린 팀장이 나의 여행을 반대했다. 누구도 그렇게 오랫동안 연가를 쓴 전례가 없다는 게 이유였다. 전례라. 어린 팀장도 갓 입사한 사원을 아이슬란드까지 보내줄 마음의 여력이 없었다. 그럼 어떡하느냐는 나의 물음에 사업이 다 끝난 12월에는 가도 된다고 허락했다.

나는 다시 여행사 직원에게 전화했다.

다른 날로 바꿀게요. 12월에 가야겠어요.

그때는 겨울이라 남부밖에 돌지 못해요. 북쪽에 있는 공항이 닫혀요.

할 수 없죠. 그렇게 짜주세요.

그런데 30만 원 위약금을 물어야 해요.

그래도 바꿔주세요.

검색해보니 그날은 아이슬란드로 바로 갈 수 없어요. 핀란드에서 1박 하셔야 해요.

네, 그렇게 해주세요.

상한 귤 봉지 같은 사무실에서 마음이 상한 사람들은 옹기종기 모여 앉아 서로를 상하게 한다. 그날 이후로 나는 팀장에게 마음의 문을 닫았다. 더는 맥주 한잔 마시자는 인사도 하지 않았다. 수천만 년을 꽝꽝 얼어붙었던 빙하가 떠내려오는 해변을, 연둣빛으로 밤하늘에 일렁이는 오로라를, 우주에서 날아오는 운석을 단 한 번도 생각하지 않는 사람들이 네모 칸에 갇혀 서로를 오염시켰다. 너무 가까운 자리에서 상한 마음을 전염시키는 이 네모 칸에서 나는 도망가기 위해 티켓을 끊었

손미

다. 짐을 부치고 탑승하고 부우웅 날아오르는 상상을 했다. 그런 생각으로 몇 개월을 버텼다.

그렇게 12월에 아이슬란드로 떠났다. 환승으로 핀란드에 하루 머물러야 했기 때문에 헬싱키 공항에서 입국심사를 받았다. 무표정한 핀란드인은 내게 물었다. 어디에 묵을 거냐? 나는 미리 출력한 숙박 티켓을 보여주었다. 그는 또 물었다. 왜 왔냐?

나 아이슬란드 가는 길에 여기 잠깐 머무는 거야. 하룻밤만 있을 거야. 내일 새벽에 떠날 거야. (그러니까 나에게 이러지 마.)

나는 손발을 동원해 설명했다. 그는 나의 모든 출력물을 일일이 확인한 후 내보내주었다. 밖으로 나오니 오랜 심사 덕에 수하물들은 이미 컨베이어벨트에서 내려와 있었다. 여행사에서 보내준 사진을 들여다보며 버스 정류장을 찾았다. 오후 3시에 도착했는데, 해가 점점 지고 있었다. 버스에서 바라본 핀란드는 차가웠다. 창문마다 붙어 있던 크리스마스 전구가 아니었다면, 나는 울어버렸을지도 모른다.

피곤하고, 어지러워서 호텔 앞에서 간단히 먹을 것을 사서 들어갔다. 오후 5시인가 6시였는데 창밖은 한밤처럼 어두웠다. 미리 챙겨온 타이레놀을 삼키고 침대에 누웠다. 이국의 침대는 낯설고, 무서웠다. 괜히 왔나? 매서운 북유럽인들의 눈빛이 떠올랐다. 그 어린 팀장이 나를 여름에 보내줬더라면 핀란드에 올 일은 없었을 텐데, 나는 원망을 모두 한 사람에게 쏟아부었다. 아니 그 팀장이라도 곁에 있었으면 싶었다. 미워할 대상이라도 필요했다. 사랑도 미움도 없이, 이곳에서 나는 완벽한 이방인이었다.

다음 날 새벽, 일찍 짐을 챙겨 다시 버스를 타고 핀란드 공항으로 가 아이슬란드행 비행기를 탔다. 아이슬란드에는 아침 9시쯤 도착했는데 내가 이제껏 본 아침 9시 중 가장 깜깜하고 어렴풋한 9시였다. 버스를 타고 숙소 근처에 도착하니 서서히 날이 밝았다. 체크인을 할 시간이 안 되어 짐만 맡기고, 투어를 시작하러 밖으로 나갔다. 무슨 생각으로 여기까지 혼자 왔을까. 나는 후회하고 있었다. 지치고 피곤하고, 무엇보다 내게 호의롭지 않은 저 얼굴들이 두려웠다. 살면서 그런 매서운 눈빛을 받을 일이 거의 없었다. 처음으로 받아보는 시선이 살을 벴다. 훗날 그 여행의 첫 느낌이 그랬노라고 지인에게 설명하니 그게 동양 남자들이 서양에 유학 가서 느끼는 자괴감과 비슷할 거라는 답변을 해주었다. 나름 엘리트이자 자국에서는 주인공으로 살던 동양의 남성들이 미국이나 유럽으로 유학 가서 처음으로 느껴보는 눈빛과 서늘함이 그것 아닐까라는 말에 나는 깊이 동감했다.

그러나 눈빛으로 실망하기엔 아이슬란드는 너무 아름다웠다. 커피 한잔 마시러 들어간 빵집 풍경도 남달랐다. 바다가 있고 저 멀리 눈 덮인 산이 우뚝 솟아 있었다. 처음 보는 그 풍경을 뭐라고 설명할 수 있을까? 열심히 카메라 셔터를 눌러도 그 풍경은 담을 수 없었다. 보는 대로 찍히질 않았다. 서서히 날이 밝자 선명하게 보이기 시작했다. 아, 내가 여기에 왔구나. 드디어 왔구나.

아이슬란드에 간 이유는 낯선 것을 보기 위해서였다. 빙하나 오로라. 여기엔 없는 그런 아름다움. 그 응축된 시간을 만나기 위해서였다. 여행에서는 하나의 음악만 듣는다. 풍경을 음악에 입힌다. 북해도를 여행할 때는 어쿠스틱 카페의 〈Tears〉만 들었다. 아이슬란드에서는 막스 리히터의 〈Path5〉를 들었다. 이 음악은 언젠가 젊은 무용가의 몸짓을 보고 처음 알았다. 젊은 무용수는 막스 리히터의 〈Path5〉, 나윤선의 〈사의 찬미〉를 틀어놓고 몸을 움직였다. 무용수는 아주 잠깐 밥 벌어먹기 위해 방송작가를 할 때 만났던 예술인이다. 사방을 검은색으로 칠해놓은 무용실에서 그는 얇은 조명만 켜놓고 춤을 췄다. 음악에 맞춰 그냥 몸을 움직였다. 유령이 밀고 당기는 것처럼 그의 움직임은 계산 없이 자유로웠다. 그의 움직임은 몸으로 쓰는 시였다. 허밍 같고, 주술 같은 그 음악이 아이슬란드를 여행하는 내내 나의 곁을 둘러쌌다.

〈Path5〉는 어떤 풍경에 놔도 자연스럽게 배어 들어갔다. 마치 그 풍경이 말을 거는 것처럼, 솟아오른 화산섬 전체는 창백하게 내게 손을 내밀었다.

오로라 투어를 예약한 날, 깜깜한 벌판에 서서 오로라를 기다렸

155

다. 인근에는 고속으로 달려가는 자동차들 소리가 났다. 근처에 고속도로가 있나 생각했다. 그러나 어디에도 자동차 불빛은 없었다. 도로는 우리가 달려온 그곳 하나뿐이었고, 고속으로 달리는 자동차는 없었다. 귓가에서 〈Path5〉는 계속해서 나와 동반했다.

잠깐의 침묵이 흐르고 깨달았다. 그건 바람 소리였다. 보이지 않는 곳에서 보이지 않는 곳까지 불어가는 바람 소리. 생전, 한 번도 들어본 적 없는 싱싱한 바람 소리. 아무데도 걸리는 거 없이 관통해가는 빠른 바람. 빌딩도, 나무도, 표지판도 아무것도 가로막는 것 없이 불어오는 사나운 소리에 나는 그만 먹먹해지고 말았다. 바람은 나를 건드리며 지나갔다. 바람에 내가 묻었다. 나를 묻힌 바람이 멀리멀리 불어갔다. 바람이 나를 가져가며 멀어졌다.

아이슬란드의 창백한 손이 계속해서 달려왔다. 나는 그 차갑고 부드러운 손을 잡고 더 어둡고 더 알 수 없는 거기로 걸어가고 싶었다. 거대한 바람으로, 폭풍처럼, 창백한 그 손이 나의 머리를 흐트러뜨리고, 패딩을 때리고 볼을 때렸다. 나는 가이드의 말을 어기고, 더 멀리 걸어 들어가고 싶었다. 거기서 몸에 힘을 빼고, 섞이고 싶었다. 그렇게 다, 씻고 싶었다. 뇌도, 심장도 씻고 슬픔도 오해도 불안도 씻고 다시 조립하고 싶었다. 다른, 내가 되고 싶었다.

그 밤, 오로라는 보지 못했다. 숙소에 와서 곯아떨어졌다가 새벽

녘 가까스로 깨서 옷을 입고 호텔 밖으로 나갔다. 호텔 문이 잠겨 있었는데 졸고 있던 카운터 직원이 무슨 일이냐고 물었다. 녹턴 라이트라고 답했더니 문을 열어주었다. 새벽 3시에서 4시쯤이었다. 나는 골목을 따라 내려갔다. 오로라를 볼 수 있겠다는 기대는 반반이었다. 아이슬란드에서의 일정이 거의 마지막이었고 그날이 아니면 영영 볼 수 없을 것 같은 예감에 길을 나섰지만 결국 오로라는 볼 수 없었다.

아이슬란드 여행이 끝나갈 무렵, 투어 버스 기사가 느릿느릿 걷고 있는 노인 한 명을 태웠다. 투어 버스에는 나 말고는 아무도 없었다. 정류장에서 관광객을 태우고 이동하는 것이 버스의 임무였지만 기사는 노인을 지나칠 수 없었나 보다. 그들은 그들 말로 무언가를 주고받았고, 노인이 버스에 자리에 앉자 천천히 버스는 출발했다. 버스는 조금 이동하다가 어딘가에 멈춰 섰고 노인은 느릿느릿 자리에서 일어났다. 나는 일어나서 노인의 손을 잡아주었다. 노인의 체중이 내게 쏠렸다. 노인의 손은 두꺼웠고, 손등에 돋아난 털이 까끌까끌했다. 나는 노인과 함께 느릿느릿 걸어서 뒷문으로 노인이 내리는 것을 도와주었다. 노인은 영어인지 아이슬란드어인지 무슨 말을 했는데 너무 작아서 알아들을 수 없었다. 노인이 내리고 자리에 앉자 지켜보고 있던 버스 기사는 땡큐라고 나에게 큰 소리로 말했다. 핀란드 입국심사부터 쪼그라져 있던 나의 마음이 단박에 환해졌다. 나는 웰컴이라고 큰 소리로 대답했는데 아이슬란드에 도착해서 가장 크게 낸 목소리였다. 그때부터 나는 아이슬란드가 좋아졌다. 투어 버스는 터미널에 도착해 각 목적지로 향하는 버스에 우릴 태웠다. 버스를 타고 우리는 외곽으로 나가 각자 신청한 목적지로 향했다.

투어 버스에서 나는 오랫동안 풍경들을 봤다. 아름답고, 찬란한 이것들을 뭐라고 불러야 할까. 우리는 다시 만날 수 있을까. 이렇게 멀리 있는데 왜 이렇게 가까운 마음일까. 내가 거기에 빙하로 남고 빙하가 내가 되어 돌아와도 우리는 전혀 이상할 것 같지 않았다. 빙하가 모여 있던 블랙다이아몬드 비치에서는 크고 작은 빙하들이 떠밀려와 해변에 모여 있었다. 나보다 큰 빙하 하나에게 다가가 오랫동안 안아보았다. 투명한 빙하 안에서는 웅웅웅 소리가 울렸다. 북대서양으로 빙하들이 떠내려갔다. 세상에 없는 Path로 빙하들이 갔다. 그러고는 돌아오지 않았다.

한국으로 돌아와서 보은의 한 느티나무를 찾아간 적이 있었다. 불빛 하나 없는 벌판, 간혹 차들이 켜는 라이트 외에는 아무런 빛이 없는 거기서 목을 길게 빼고 별을 봤다. 총총 박혀 있던 별과 느리게 지나가던 비행기와 간혹 떨어지던 유성우. 몽골에서 봤던 별에 비할 바는 아니었지만, 그런대로 아름다운 거기에서도 나는 어두운 논으로 계속 걸어 들어갔다. 등 뒤에서 애인이 계속 이름을 불렀다. 내 이름은 걸리는 곳 하나 없이 허허벌판에 퍼져나갔다. 그때도 자동차에는 막스 리히터의 〈Path5〉를 틀어놨다. 보이지 않는 세계와 내통하는 방법이다.

손미

음악을 들으며 눈을 감았다. 그렇게 다른 세계의 문을 연다. 바람이 머리카락과 볼을 만졌다. 그럴 때면 여기가 한국인지 아이슬란드인지 목성인지 지구인지를 잊는다. 나는 나이고, 여기는 여기일 뿐. 바람은 나를 멀리멀리 데려갔다.

끝없이 불어오는 길고 찬 바람이 등을 토닥이는 위로 같아서, 나는 바람의 검은 손을 잡고 한참을 울었다. 세상에 없는 Path로 걸어 들어가 무형의 나를 만나고 왔다.

손미
2009년 《문학사상》으로 등단했다. 시집 『양파 공동체』, 『사람을 사랑해도 될까』, 산문집 『나는 이렇게 살고 있습니다 이상합니까』가 있다. 2013년 '김수영문학상'을 수상했다.

나를 울리는 소리

"찹쌀~ 떠~ 억." 믿기지 않겠지만, 2021년 서울의 한 아파트 단지에 울리는 소리였다.

언뜻 거실의 텔레비전에서 나는 소리인 줄 알았으나, 분명 사람의 목소리였다.

너무나 오래되고, 익숙한 사람의 목소리. 베란다에 나가 목격하고 싶었지만, 모습은 보이지 않고, 소리만이 빽빽이 솟아오른 아파트들을 휘감고 있었다.

영하 17도까지 내려가는 혹한에, 어릴 때 이후 거의 들어본 적 없던 그 소리를 지금 듣는다는 것이 반갑다 또는 의아하다를 넘어 나는 갑자기 그 소리에 빨려들어 과거로, 과거로 돌아갔다.

어렸을 때의 그 추운 겨울로⋯.

그때의 겨울은 어김없이 추웠다. 한옥이었던 우리집 겨울의 모습은 대략 이러했다. 방 온도는 아랫목을 제외하면 밖이랑 별 차이가 없었고, 물 받아놓은 목욕탕은 꽝꽝 얼어서 아침에 세수라도 할라치면 얼음을 빨래방망이로 깨야 했다. 심지어 화장실(재래식)조차 얼어버려, 겨울만 되면 삽을 들고 특별한(?) 조치를 취해야 했다. 춥고 험할 것만 같은 겨울의 기억은 모순되게도 훈훈하고 정겹기만 한 것으로 남아 있다. 추운 겨울밤이면 결방 없는 일일연속극처럼 찹쌀떡 장수의 소리는 거의 정확한 시간에 찾아왔다. 그 이전 겨울도, 그 이후의 겨울도 그랬다. 내 바람처럼 늘 먹을 수 있었던 것은 아니었지만, 그 소리는 겨울이 나와 가족들에게 주는 소소하고 따듯한 행복이었다. 아랫목에 둘러앉아 먹었던 찹쌀떡 몇 개와 가족들의 꿈이 담긴 이야기가 버무려진 아련함이 지금 찹쌀떡 장수의 소리에 불러내어진다.

소리는 물리적으로 파장과 진동으로 나타났다 사라지지만, 음악을 하는 나에게는 시간과 공간이 담긴 기록이자, 학문이며, 철학이고, 생명과 같이 느껴진다. 지금의 나는 소리에 의해 자각하고, 성장하고, 이어지는 삶을 지속하고 있는지도 모르겠다.

더 거슬러 올라가면 대여섯 살 유아 시절, 나는 혼자 레코드판을 턴테이블에 올려 음악을 듣곤 했다. 글을 몰랐으나 레코드의 표지와 색깔을 가지고 분류해서 들었던 기억이 난다. 나중에 알고 보니 '벤처스 (Ventures)', '폴 모리아(Paul Mauriat)', '서처스(Searchers)' 같은 외국의

주상균

음악들이었다. 때문에 이 음악들을 들을 수 있는 장소는 전축이 있는 집과 부모님을 따라 나선 도심지 번화가의 상점 거리였다. 그래서 집에서 음악을 들을 땐 도심지의 화려하고 새로운 멋진 광경들이 연상되고, 밖에서 들을 땐 집에 있는 전축에서 뱅글뱅글 돌아가며 옅은 불빛이 비치는 신기한 레코드판이 연상되었다. 그 음악들은 나에게 미래의 멋진 모습과 새로운 관심을 꿈꾸게 하는 소리였다. 현재에도 마음에 드는 새로운 음악이나 익숙한 음악을 들을 땐 많은 공상과 새로운 세상에 대한 장면이 머릿속을 꽉 채운다. 또한 그렇게 담아뒀던 멋지고 행복했던 소리들에 대한 기억을 가지고 설레는 마음으로 새로운 음악과 소리들을 만들어 음반도 발표하고 공연도 이어가고 있는 것 같다.

강아지처럼 뛰놀던 초등학교 시절엔 음악을 듣는 것보단 친구들과 공놀이, 딱지치기, 구슬치기, 술래잡기 등등에 모든 관심과 열정을 쏟아부었다. 그 이유 중 하나는 중학생이 될 날을 대비해 공부에 매진하라며 면학 분위기를 위해 내린 아버지의 결정이었다. 아버지는 전축을 없애셨으며, 텔레비전 시청도 금지되었다. 심지어 라디오 청취도 삼가라 하셨다.

엄한 부모님의 말씀을 천금과 같이 받아들이던 때라 순순히 받아들였으나, 없어진 전축은 너무나 아쉬웠다. 등하교 때 거리에서 나오는 노래들이나 학교에서 배우는 음악은 내게 그리 큰 울림을 주지 못했고, 꿈을 꾸게 하지도 못했다. 오히려 내가 기억하고 있는 소리와 장면들을 지우는 역할을 하는 것 같아 반감이 일어날 정도였다. 술 취해 큰 소리로 부르는 아저씨들의 노랫소리, 그 아저씨들이 즐겨 부르는 노래랑 비슷한 음악만 나오는 거리의 스피커는 듣지 말아야 할 소리로 인식되기까지 했다. 초등학교 시절엔 되도록 음악을 피해야 하는 시기였던 것 같다. 내가 들었던 그 멋지고 행복한 소리들에 대한 기억은 어디에도 없는 듯했고, 찾을 수도 없다고 받아들이며 열심히 뛰놀았다. 부모님이 기대한 것과는 다르게 예상치 못한 체력과 건강의 기틀을 마련한 시기였다.

예를 들어 축구 시합은 하루에 세 경기 이상은 기본으로 뛸 줄 알았다. 가끔 어른들과 축구 시합을 할 때에도 후반전까지 지치지 않고 뛸 수 있었다. 그때의 동네 축구 시합 룰은 시간제가 아니라 전반 몇 골, 후반 몇 골 이렇게 득점제였기 때문에 상대방이 치우친 전력이면 금방 끝나지만, 대등할 경우 2시간 정도는 우습게 지나간다. 아직까지도 웬만하면 지치지 않는 열정과 체력이 남아 있는 건 초등학교 때 아버지가 내려주신 "면학분위기 조성"의 다른 결과 덕택인 것이 확실하다.

중학생! 초등학교 졸업식 때, 졸업한다는 사실이 너무나 싫었다. 머리도 빡빡 깎아야 하고, 전혀 입고 싶지 않은 스타일의 교복을 입어야 하고, 공부만 해야 할 것 같고, 좋은 성적을 받아야 한다는 부담감에 두렵기까지 했다. 또 집에서 버스를 타고 가야 한다는 것, 정들었던 친구들과 헤어져 낯선 친구들을 만난다는 것이 썩 내키지 않았다. 중학생이 되고 싶은 생각이 전혀 없었다. 그러나 내 생각과는 전혀 다른 중학교 시절을 맞이했다.

물론 첫 등교는 힘들었다. 독립문 근처에 살던 나는 계동에 있는 중앙중학교까지 버스를 타야 했는데 계동만 해도 휘문중·고등학교(현 현대그룹 건물), 대동중·상고, 중앙중·고등학교 이 세 학교가 모여 있었고, 바로 옆 창덕여중·고(현 헌법재판소 자리), 조금 옆 안국동 풍문여중·고, 덕성여중·고, 중동중·고교 등 많은 학교가 있어 엄청난 학생들로 버스 타는 것부터 힘들었다. 간신히 올라탔지만 인파에 묻히어 숨도 제대로 쉴 수 없었다. 우여곡절 끝에 내린 정류장(당시 5공 때 없어진 T.B.C 앞)에서 점검해보니 모자는 삐뚤어져 있고 교복 단추 하나는 어디로 갔는지 모르겠고, 정신이 없었다.

내렸으니 다행이었지만 첫 등교의 시련은 더 남아 있었다. 말이 중학생이지, 키 작은, 교복 입은 꼬맹이의 보폭으로 중앙중학교까지의 거리는 꽤 멀었다. 계동 초입의 휘문중·고교를 지나, 계동 골목 중간에 있는 대동중·고등학교를 지나, 더 올라가야 정문 언덕에 있는 고등학교 건물이 나온다. 거길 지나면 운동장이 나왔는데 운동장은 참으로 넓었다. 그곳을 지나야 비로소 교실에 들어갈 수 있는 것이다. 넉넉히 나왔는데도 겨우 지각을 면할 정도로 멀었다.

생소함과 근심을 가득 안고 집으로 돌아오던 길에 뜻밖의 기쁨을 찾게 되었다. 계동 골목의 많은 튀김집, 분식집도 좋았지만 문구점, 서점, 그리고 레코드 가게 앞 스피커들에서 너무나 익숙한 멋진 소리들이 들려왔다. 당시 유행하던 팝음악들이었다. 또한 학생들이 많은 버스 구간이라 그런지 버스에서도 팝음악이 자주 나왔다. 안국동, 삼청동, 광화문, 경복궁을 지나는 등하굣길의 거리 모습도 마음에 들었다. 이 정도면 중학생 된 것이 나쁘지만은 않다는 생각이 들었다. 또 같은 반 친구

나를 울리는 소리

중에 집에 오디오가 있고 레코드판도 많이 가지고 있는 친구들 덕분에 놀러가서 음반 구경도 하고, 음악도 들었다. 한 친구는 생전 들어본 적도 없는 독일전자음악의 창시자라 할 수 있는 '크라프트베르크(Kraftwerk)'의 음반도 들려주었다. 그때 제일 많이 들었고, 좋아했던 음악을 꼽으라면 '사이먼 앤 가펑클(Simon And Garfunkel)'과 '존 덴버(John Denver)' 음반이다. 거리에서, 버스에서도. 나를 즐겁게 하는 소리들이 가득했다.

학교 운동회가 열린 어느 날, 운동장 스탠드에서 응원을 연습하던 고등학교 형들 중 한 명이 앰프기타를 가져와 연주하는 걸 보게 되었다. 처음으로 직접 들어본 전자기타 소리였다. 무엇에 홀린 듯 내 모든 감각기관은 그 소리에 고정되어버렸다. 아주 어릴 적 들었던, 전축에서 나오던 그 소리였다. 생각해보면 어떤 곡이었는지 전혀 기억이 나지 않지만, 멋지고 새로운 세상을 상상하게 만들던 바로 그 소리였다. 그 이후 나는 기타를 배웠다. '비틀스(The Beatles)', '딥 퍼플(Deep Purple)', '레드 제플린(Led Zeppelin)'까지의 음악적 취향도 그 기타 연주를 접한 다음이었다. 그렇다고 당장 뮤지션이 되겠다는 생각을 한 것은 아니다. 그저 그 소리들이 주는 행복함을 가지고 싶었을 뿐이었다. 그러한 행복함과 멋진 상상은 나만의 세계였고, 나는 그것을 자랑스럽게 여기었다. 이때의 감성이 작사와 작곡으로 이어졌고 기타리스트로, 보컬리스트로, 밴드 '블랙홀'로 이어진 것이다. 지금도 음반을 만들 때나 공연을 할 때, 늘 기쁘고 설레는 이유는 그 순수의 시간들에 새겨진 소리의 울림이 지속되고 있기 때문이다.

주상균

청소년 시기가 끝나갈 무렵 또 다른 소리의 울림을 접한 적이 있다.

고등학교 시절 갑자기 전교생은 강당으로 모이라는 교내 방송이 있었다. 외부 초청 음악회를 감상한다고 했다. 강당에 들어서면서부터 모두의 실망감과 투덜거림이 웅얼거림으로 스멀스멀하게 강당을 메우고 있었다. 팝이나 대중음악도 아닌, 그렇다고 어느 정도 익숙한 클래식도 아닌, 국악이었기 때문이다. 수업이었기 때문에 어쩔 수 없이 자리를 지키고 앉아 있어야 했다. 사실 국악을 들어본 것은 가끔 텔레비전에서 본 게 거의 전부였던 당시 학생들에게 국악이 기대감을 줄 수는 없었다. 무대에는 많은 국악 연주자들이 전통 궁중 복장을 하고 대기하고 있었다. '궁중아악'이었다. 연주가 시작되기 전 학생들은 바닥을 보거나, 눈을 감고 있거나, 소곤소곤 떠들거나 뭐 그런 모습들이었다.

궁중아악의 시작은 이러했다. 먼저 박(악기 이름)을 든 연주자가 시작을 알리는 박자를 연주했다. "짝, 짝, 짝." 나는 뒤이어 나오는 아악의 연주 소리에 깜짝 놀랐다. 그 소리는 텔레비전에서 들어본 생소하고 와 닿지 않는 왜소한 소리가 아닌 온 세상에 퍼져나가는 넓고 웅장한 소리였다. 바닥을 향했던 고개를 들게 하고, 감은 눈을 뜨게 하고, 잡담을 멎게 하고, 흐트러진 자세를 바로잡게 하는 마법이 일어나고 있었다. 투덜거림은 온데간데없고 모두 귀를 쫑긋 세우고 바른 자세로 무대를 응시하고 있었다. 뭔지는 모르나 그 선율의 장중함과 아름다움, 고급스러움은 그날 이후 두고두고 '우리의 것'이라는 새로운 감동을 간직하게 했다. 모든 연주가 끝난 뒤 누가 시킨 것도 아닌데 손이 부르트도록 박수를 쳐댔다. 이렇게 멋진 소리가 우리 고유의 음악이었는데 몰랐다는 것이 조금 놀라웠다. 딱 한 번 들었을 뿐인데 그 감동의 여파는 매우 컸다. 많은 생각을 이끌어내게 했다. 나 자신에서 출발하여 가족, 부모, 민족 등등 정체성에 대해 관심을 갖게 된 계기가 된 것도 그날 국악의 울림이었다. 훗날 이 울림은 대중음악상을 2개나 받았고 또 마니아나 평론가들에게 '명반'이라는 과분함까지 얻은 블랙홀 8집 〈HERO〉에 고스란히 담겨 있다.

생각해보면 내가 살고 있는 이 세상이 한순간에 이루어진 것이 아니듯, '지금의 나' 또한 어느 날 갑자기 생겨난 것이 아니다. 엄마 뱃속부터 지금까지 듣고, 보고, 느끼고, 따라하고, 만들어보고 하면서 존재하고 있는 것이다. 요약하면 나는 세상의 모든 것으로부터 영향을 받아온 것 같다. 어린아이였을 때부터 보고 들었던 모든 것이 지금의 나를 만들고, 내가 바라보는 세상을 만든 것이다.

특히 나에게 '소리'는 내가 세상을 대하는 가장 중요한 매개체이다.

소리는 모든 것을 담고 있다. 모습, 느낌, 심지어 냄새까지도 담고 있다.

나 역시 내가 가진 가장 값지고 아름답고 행복한 것들을 소리에 담으려 한다.

내가 누군가 만들어낸 소리에 성장하고 꿈을 꾸었듯, 내가 내는 소리 또한 누군가를 위해, 이 세상에 존재하는 모든 것을 위해 울려지길 바란다. 그 소리는 결국 나에게서 나오지만 나의 것이 아닌, 듣고 간직하는 사람의 것이 될 테니까. 내가 그러했듯 꿈꾸고, 행복하고, 서로에

주상균

대한 존중과 사랑이 가득하길 바라면서. 또 다른 울림을 위해 기쁜 마음으로 울림을 이어가려 한다.

잠시 소리에 대한 기억에 빠져 있다 보니 어느새 찹쌀떡 장수의 목소리는 사라졌다.

이 겨울밤을 따듯한 기억으로 잠시 이끌어준 누군지 모를 2021년 서울 아파트 한복판의 찹쌀떡 장수에게 갑자기 고맙다는 생각이 들었다. 이젠 안내하거나 공지해주거나 하는 알림이 사람의 목소리라 해도 스피커를 통한 간접적인 소리가 대부분인 시대인 것 같다. 직접 사람의 실제 소리로 알림을 받는다는 것이 얼마나 정감 있고 따듯한지 모르겠다. 심지어 과일 파는 차량도 녹음된 방송을 틀어준다. 때론 소음처럼 들려 거북할 때도 많다.

직접 듣는 사람의 소리는 귀에 거슬리지 않는다. 크지는 않지만 잘 들린다. 고막을 자극하는 소리도 아니다. 지나온 춥고 힘들었던 겨울날들을 훈훈하고 행복하게 했던 기억을 담은 소리다. 시간과 공간을 넘어 기억되었던 느낌이 그 소리에 담겨 재현된다.

다음에 찹쌀떡 사라는 소리가 들리면 제일 먼저 나가 사봐야겠다. 그 소리의 주인공도 만나보고 꼭 하고 싶은 말도 있고! "목소리 좋아요! 맛있게 먹을게요."라는 감사 아닌 감사의 표시도 하고 싶다. '찹쌀떡'이라는 짧은 단어의 소리였지만 그 속에는 나의 지나간 시절, 그리움, 행복함 등등이 담겨 있었고, 영화 수만 편 분량의 장면들이 되살아난 겨울밤이었다.

이 소리의 울림은 언젠가 또 다른 소리, 즉 새로운 음악으로 만들어질 것이다.

물론 그 제목이 꼭 '찹쌀떡'이어야만 하진 않겠지만. 추운 겨울밤에 느껴본 오늘의 울림은 다시 한 번 이전의 기억과 함께, 또 새로 경험하게 될 미래의 시간과 결합하여 새로운 울림을 만들어낼 것이다. 소리에 이끌리어 지금껏 해온 것처럼!

주상균

헤비메탈 밴드 '블랙홀'의 보컬 겸 기타리스트. 작사, 작곡, 편곡 담당. 블랙홀 1집~9집을 포함해 17장의 음반 발표.

주상균

정이재 ✳ 배우

경계선 너머

— 성헌과 재분에게

3월 중순, 공연 전날 밤이었다.

윤은 S대역 먹자골목 한가운데 건물에 있는 3층 고시원에서 겨울을 보냈고, 아침이 되면 떠날 생각이었다. 오후에 H대학 소강당에서 공연을 마치면 4호선을 타고 부모님이 계신 안산의 본가로 들어갈 것이다. 세 번째 고시원이었고, 아르바이트를 그만둔 상태였다. 윤에게는 선택의 여지가 없었다.

옆방에서 반장님의 기침 소리가 들려왔다. 윤이 누워 있던 침대 옆의 벽도 울리기 시작했다. 소리와 진동이 함께 전달되는 공간이었다. 누군가 독감이라도 앓게 되면 며칠이나 됐는지, 침대 아래 놓인 휴지통에 가래를 뱉어놓은 휴지가 얼마나 채워졌는지까지 알 수 있었다. 그는 50대 중반으로 보였고, 모두가 그를 반장님이라고 불렀다. 윤도 그렇게 했다. 반장님은 큐빅으로 베르사체 문양이 새겨진 검은색 뿔테안경을 쓰고 다녔다. 윤은 종종 그와 함께 담배를 피웠다. 그러다가 어느 순간부터 그를 피하게 되었는데, 그가 윤에게 아무런 피해를 준 적이 없는데도 그랬다. 반장님은 직업이 흡연가인 것처럼 담배를 피웠다. 한 개비를

경계선 너머

다 피울 때쯤 한 개비를 더 꺼내 피우던 담배로 불을 옮겨 연달아 두 개비를 피운 후에야 방으로 돌아갔다. 그러고 사십 분이 조금 넘으면 옆방 문은 다시 열렸고, 슬리퍼가 바닥에 여덟 번 끌렸고, 오래된 유리문이 힘겹게 여닫히는 소리가 났다.

다시 소리는 사라지고 어둠이 보였다. 윤은 배역에 대해 생각하려고 했지만 당장 공연 후에 부모님께 돌아가면 무슨 말을 해야 할지부터 신경이 쓰였다. 재능에 대해, 감당해야 할 가난의 무게에 대해 묻는다면 할 말이 없었다. 무엇보다 윤을 불편하게 만드는 것은 그가 정말 연기를 사랑하는지에 대해 묻는 질문이었다. 스물여덟 살, 그는 정체되어 있었다.

윤은 손을 위로 뻗어 방문의 손잡이를 만져보았다. 손잡이는 복도의 냉기를 담고 있었다. 문을 열었고 취침등의 파란빛이 들어왔다. 그는 목욕 바구니를 들고 복도 끝 화장실로 갔다. 화장실의 창문을 통해서도 파란 새벽빛이 들어왔다. 윤은 이를 닦으면서, 공연 전 왜 잠을 못 자는지 아톰 로마 역을 맡은 순현에게 물어봐야겠다고 생각했다. 순현은 H대 연극동아리에서 연기를 시작했다. 그는 졸업과 동시에 극단 생활을 시작했고, 삼 년 뒤 윤은 연극 〈남도〉에서 그의 무대를 처음 보았다. 그 후로 윤은 순현에게 모든 것을 물어보았다.

배우는 질문이란 걸 하기 전에 생각을 깊게 해봐야 해. 그는 언제나 이렇게 말하며 고개를 돌렸다. 그는 연기를 잘했고, 잘했으니까 다른 건 중요하지 않았다.

윤은 방으로 돌아와 책상 밑에서 소형 캐리어를 꺼내 모든 짐을 넣

정이재

었다. 이십 분도 걸리지 않았고 정리 후엔 누가 이 방에서 살았다는 사실을 믿기 어려웠다.

방문을 열고 나오자 유리문 너머에 반장님이 보였다. 그는 의자에 앉아 양손으로 귀를 막고 있었다. 윤은 왠지 그 모습이 좋았고, 그를 피했던 이유를 떠올려보려고 했지만 생각나지 않았다. 유리문 소리에 반장님은 윤을 잠시 보았다가 눈을 감고 자신에게 돌아갔다. 윤은 캐리어를 들고 계단을 내려갔다.

이제 가니? 뒤에서 반장님이 말했다.

네. 윤이 말했다.

그래. 잘하고. 반장님이 말했다.

3월 중순에도 긴 패딩을 입어야 할 만큼 추운 날씨였다. H대까지는 버스로 여섯 정거장 거리였지만 윤은 걷기로 했다. 주말 아침의 거리는 한산했다. 학교 주차장에는 정민의 자전거와 순현의 바이크가 세워져 있었다. 그는 학교 안으로 들어간 뒤 복도를 걸어 도착한 소강당의 뒷문을 열고 들어갔다.

막내가 늦네. 무대 위에 누워 스트레칭을 하던 정민이 윤을 보며 말했다. 그들은 밖으로 나와 담배를 피웠다. 정민은 윤의 동갑내기 친구였다. 그는 소극장 무대에 서면 조명에 머리카락이 타버리는 게 아닌가 싶을 정도로 키가 크고 훤칠했다. 고등학교 졸업 때까지 야구선수로 활약했던 그는 까무잡잡했고, 단단한 몸을 갖고 있었다.

형 하는 거 보고 잘 따라하면 우연찮게 네가 더 잘 나올 수도 있어. 알지? 정민이 말했다.

먼저 하는 게 유리한 거야, 같은 공연 두 번 보는 관객들이 얼마나 지루하겠어? 윤이 말했다.

넌 생각이 너무 많아서 문제야. 생각하지 마. 연기는 그냥 느끼는 거야. 정민이 말했다.

윤도 다른 사람이 되고 싶었다. 그날의 연극 워크숍은 윤과 정민이 같은 배역을 연기한 뒤 관객 투표를 받아 유월 중극장 무대의 주연을 캐스팅하는 자리였다.

공연 시간이 다가왔고, 객석의 절반이 채워졌다. 먼저 정민이 무대에 올랐다. 윤과 순현은 분장을 위해 연극동아리방으로 갔다. 누군가 회색 모포를 덮고 소파에서 자고 있었다. 바닥에는 캐리어가 열려진 채로 옷가지가 어지럽혀져 있었다. 소파 앞 테이블 위에는 노트북과 몇 권의 책이 있었다.

아예 짐을 싸서 올라왔구만. 순현이 말했다.

동아리방의 불을 켜자 모포 속에서 머리카락 한쪽이 봉 뜬 남자가 얼굴을 내밀었다. 그는 윤과 순현을 멀뚱히 쳐다보았다.

누구야? 남자가 말했다.

정신 안 차릴래? 순현이 말하자 남자는 소파 밑을 더듬어 자신의 눈 크기와 비슷한 달걀형 안경을 찾아 썼다.

선배님 오셨어요. 남자가 말했다.

윤이 인사하자 남자는 말없이 고개를 위아래로 끄덕였다. 순현이

정이재

거울 앞에 앉아 메이크업 박스를 열면서 남자에게 윤을 소개했다.

알아요. 대본도 읽어봤어요, 아리엘 도르프만의 「경계선 너머」. 며칠 전에 강당에서 연습하시는 것도 봤어요. 이대근이라고 합니다. 그는 일어나서 모포를 접으며 말했다.

쟤는 휴학 중인데, 동아리방에서 글을 써야 잘 써진다고 진주에서 올라왔어. 열정 하나는 프로야. 순현이 말했다.

윤은 열정이라는 말에 아래를 보았고 대근은 윤을 보고 있었다.

순현은 55세에서 70세 사이의 정력적인 남자 아톰 로마가 되기 위해 분장을 시작했다. 고데기로 하늘을 향해 뻗친 머리를 연출한 뒤 하얀 분으로 머리카락을 칠했다. 눈가와 입가에 두꺼운 주름을 그렸고 하얀 수염을 턱에 붙였다. 윤은 거울을 통해 아톰 로마로 변해가는 순현을 바라보았다.

연습대로 해. 또 돌발행동 해서 당황하게 하지 말고. 순현이 말했다.

네. 윤이 말했다.

웬일로 오늘은 질문을 안 하네. 분장을 마친 순현이 윤을 낯설게 본 후 동아리방을 나갔다.

윤은 의상을 갈아입기 시작했다. 정민이 군복을 입고 FM 군인을 연기한다면 윤은 제3세계 느낌의 의상으로 작은 진주가 촘촘히 박혀 있는, 은은한 광이 나는 회색 긴팔 티에 통이 큰 회색 바지를 입고 회색 망토를 둘렀다. 그는 스모키 화장으로 눈매를 강조하고 이마와 콧대, 볼을 제외한 나머지 부분에 음영을 강하게 준 뒤 머리를 한쪽으로 넘겨 뜨지 않게 고정했다.

확실히 분장을 하니 다르네요. 노트북을 보던 대근이 말했다.

어울려요? 윤이 웃으며 말했다.

그건 모르겠고 연기가 중요하니까요. 대근이 말했다.

맞아요. 큰일 났어요. 윤이 말했다.

대근이 갑자기 노트북을 덮고 자신의 안경을 벗어 옷에 렌즈를 닦으며 말했다.

근데, 확신이 없어 보여요 연기에.

윤이 분장을 멈추고 대근을 보았다.

어떤 장면에서요? 윤이 물었다.

전체적으로. 굳이 꼽자면 아톰 로마와 러바나 줄렉 부부에 대한 국경경비대원의 감정을 정확히 이해하기가 어려워요. 아톰 로마는 전쟁 기간 중 국경에서 발생하는 시체를 처리하면서도 러바나와 그곳을 떠나고 싶어하죠. 러바나는 집을 나간 아들이 돌아올 때까지 그 집에 머물고 싶어하고요. 윤씨가 하는 국경경비대원 연기는 휴전 선언 후에 집으로 들어가 국경을 나누고 부부를 통제하는 장면까지는 힘이 있고 좋아요. 그런데 통제 속에서 그들에게 점점 마음을 열어갈 때 광기는 다 사라지고 자신의 혼란스러운 감정만 보여요. 그러면 안 되죠. 대근이 말했다.

그게 정확한 감정이어야 해요? 윤이 말했다.

뭐든 정확해야죠. 만약 표현하고자 하는 게 사랑이라면 그것도 정확한 감정으로 보여야 하고. 대근이 말했다.

나는 사람의 감정이 양가적이면서 매 순간 변한다고 생각해요. 윤

정이재

이 말했다.

변명하지 마세요. 즉흥연기를 할 거면 텍스트 분석은 왜 하는데요? 대근이 고개를 숙이며 말했다.

누가 즉흥연기를 한다고 했어요? 감정의 큰 흐름은 약속대로 가면서. 대근 씨, 제가 조금 있다가 무대에 올라가야 하거든요. 제가 지금 화가 나려고 하거든요. 윤은 대근을 외면하고 동아리방을 나서려 했지만 대근은 계속 고개를 숙인 채 목소리를 높였다.

연극은 약속이에요. 발생과 동시에 소멸하는 게 연극이란 거 몰라요? 영화처럼 찍고 또 찍고 그중에 마음에 드는 테이크를 고르는 작업이 아니라고요. 텍스트를 제대로 분석했으면….

연기는! 윤이 외쳤을 때 동아리방의 문이 열렸다. 55세에서 70세 사이의 활기 넘치는 여인 러바나 줄렉 역을 맡은 혜미가 고개를 내밀고 말했다.

오빠 이제 내려오래. 희끗한 머리의 혜미가 말을 전하자마자 문을 닫고 사라졌다.

대근은 서재 쪽으로 걸어가 서랍에서 커피를 꺼냈다. 종이컵에 커피를 담고 정수기의 물을 내리면서 그가 말했다.

드실래요?

윤은 동아리방을 빠져나왔다. 엘리베이터에 탄 그는 거울에 비친 국경경비대원의 얼굴을 바라보았다. 그는 무대 뒤로 갔다. 암막 커튼 사이로 앞선 팀의 무대를 보고 있던 아톰 로마와 러바나 줄렉이 그를 보고 손짓했다.

작년 겨울, 윤은 혜화동일번지 소극장에서 연극 〈크리스마스 캐럴〉의 형사 역으로 데뷔했다.

공연을 마치고 관객과 선배들이 극장을 떠나면 극단의 막내 넷이 남아 무대를 정리했다. 정리가 끝날 즈음에 윤은 객석 중앙에 앉아 공연 기간 내내 오퍼레이터를 맡았던 화경에게 무대 중앙에 불을 켜달라고 부탁했다. 화경은 사다리를 타고 조명실에 올라가 불을 켜주었고 윤은 무대를 보았다. 윤이 무대를 보는 시간이 길어지면 정민이 남아서 기다렸다. 그들은 극장을 마지막에 나서는 사람이 항상 자신이라고 우겼다.

언제인지 기억나지 않지만 늦은 시간이었고, 눈이 내리고 있었다. 둘은 횡단보도 앞에 서서 신호를 기다리고 있었다.

나는 위대한 배우가 되는 게 꿈이야. 신호가 바뀌자 정민이 윤을 보고 말했다.

그는 자신의 자전거에 올라탄 후 순식간에 사라졌다.

윤은 무대를 마치고 북받쳐 오르는 환희를 느낀 적도, 그의 영혼이 귓가로 다가와 운명을 결정짓는 말을 건넨 적도 없었다. 대근이 말했던 정확함이란 더 본질적인 질문인지도 몰랐다.

암전.

무대에 오를 차례가 되었고, 윤은 경계선에 섰다.

윤은 블루미러로 코팅된 나비 모양의 선글라스와 줄이 끊어진 헤드셋을 쓰고, 신발은 뒤축에 바퀴가 달려 체중을 뒤로 기대면 스케이트처럼 탈 수 있는 롤러슈즈를 신었다. 벽을 톱으로 자르는 듯한 소리가 나더니 우레 같은 소리와 함께 뒷벽이 무너졌다.

윤은 무대 안으로 뛰어들었다.

관객은 망토를 휘날리며, 망가진 헤드셋을 쓴 채 헨델의 〈울게 하소서〉를 크게 노래하는, 롤러슈즈를 신고 무대를 스케이트 타듯이 활보하는 국경경비대원을 보았다. 그는 아톰을 벽으로 밀어붙여 망치로 위협했다. 러바나는 그를 두려워하면서도 오래전 떠나보낸 아들이라고 믿었다. 그들은 침대 위에서 공놀이를 했고, 식탁에 앉아 함께 스프를 먹었다.

그때 멀리서 포탄 소리가 들려왔다. 포탄 소리가 점점 가까워지면서 이해할 순 없었지만 그의 내부에서 뭔가가 일어났다. 그는 망치로 자신이 설치한 경계선을 찢고 망치로 말뚝을 내리쳤다. 집 안의 침대를 엎고, 식탁과 의자를 부숴버렸다. 그는 실제로 그렇게 했다.

"요셉." 뒤에서 아톰이 국경경비대원을 불렀다.

"요셉. 날 용서해 주겠니? 그땐 정말 미안했다. 그때 널 보낸 것을, 너를 떠나보낸 것을, 네 엄마에게 그냥 가게 내버려두라고 했다. 너한테 좋은 경험이 될 거라고 했어. 기억나니? 사내애한테 좋은 경험일 거야. 금방 돌아올 거야. 강 건너 콘스탄자에 가봐야, 깊은 호수 바닥에 잠긴 마을하고 시체들 말고는 아무것도 없다는 걸 금방 알게 될 텐데, 뭘. 거기 있는 건 그게 다란다. 요셉, 물속에 잠긴 오래된 마을. 내 아들아. 전쟁이 시작되려 한다. 애야, 가지 마라, 요셉."*

---

*아리엘 도르프만의 대본 「경계선 너머」에서.

국경경비대원과 아톰은 서로를 마주보았다. 국경경비대원은 가슴이 먹먹해지는 것을 느꼈다. 극장 안에는 국경경비대원과 아톰의 숨소리만 들렸다. 그는 땅으로 올라와 껍질을 막 벗어낸 매미처럼 울고 싶었다!

윤이 무대를 마치고 분장실로 돌아갔을 때 대근은 없었다. 무대를 철거한 뒤, 윤은 극장을 떠나 지하철을 탔다. 자리에 앉자마자 잠이 쏟아졌고 그는 꿈을 꾸었다. 꿈에서 윤은 영화 상영관 맨 앞좌석에 앉아 자신이 출연한 영화를 보고 있었다. 영화가 끝날 즈음 진행자가 와서 윤의 어깨를 콕콕 누르며 속삭였다.

여기서 토하시랍니다.

연출님이 여기서 지금 토하래요? 윤이 진행자에게 물었다.

네. 진행자는 말했다.

윤은 교탁에 기대어 토하기 시작했다. 관객들이 그를 지켜보고 있었다. 그는 처음에 토하는 시늉만 했지만 곧 그의 입에서 엄청난 오물이 쏟아져 나오기 시작했다. 그는 멈추려 했지만 잘되지 않았다.

윤이 깨어났을 때 지하철은 이미 한 정거장을 지난 C역에 도착해 있었다. 한동안 그는 의자에 앉아 꿈이 자신에게 무엇을 말하려 했는지에 대해 생각하다가 곧 그만두었다. 그는 역사 반대편으로 나가기 위해 계단을 내려왔다. 윤은 새로 지어진 출구를 지나쳐 역에서 떨어진 오래된 터널 안으로 들어갔다. 터널 안은 어두웠다. 오래전 이곳에는 사람들이 많았다. 누군가는 음악을 틀어놓고 춤을 추었고, 스케이트보드를 타

정이재

는 사람도 있었다. 그러나 벽을 채웠던 그라피티는 흔적을 찾을 수 없었고, 더 이상 오가는 사람도 없었다. 윤은 점멸하는 조명 아래 서보았다.

집에는 아무도 없었고 거실 안은 노을로 물들어 있었다. 윤은 거실 바닥에 누웠다. 노을은 그를 솜이불처럼 덮어주었고 윤은 비로소 온몸에 긴장이 풀리는 것을 느꼈다. 그는 무대를 떠올려보려 했지만 기억나는 것이 없었다. 무대에서 내려왔을 때 순현이 다가와 그를 안고 했던 말만 생각났다. 그는 윤에게 무대 위에서 연기하는 배우가 아닌 한 인간을 보았다고 말했다.

그는 누운 채로 집 안을 둘러보았다. 장식장 위에서 십자가 목걸이를 늘어뜨린 성모 조각상이 윤을 내려다보고 있었다. 윤은 오래전에도 이 모습을 본 적 있었다. 중학생이 되기 전 어느 날 윤은 최면술에 관한 책을 읽다가 이 자리에서 잠이 들었다. 깨어났을 때 그의 눈에 성모상이 보였고, 노을이 그의 얼굴을 붉게 물들였다. 그는 죽을 때까지 그 순간을 잊지 못할 것이다. 윤은 오늘밤 거실에서 자도 괜찮겠다고 생각했다. 현관에서 비밀번호를 누르는 소리가 들려왔다.

정이재

2009년 겨울, 연극 〈크리스마스 캐럴〉로 데뷔했다. 독립영화와 연극무대를 전전하며 고양이 두 마리(생선의 눈을 닮은 청어, 갑질이 심해서 개명한 을이)와 살고 있다. 뭐든지 배우고 싶어한다. 이 글을 쓰면서 유튜브로 전국의 바닷가 파도 소리를 들었고, 거제 몽돌해변의 파도 소리가 가장 아름답다는 사실을 배웠다.

경계선 너머

김인숙 ✳ 작가, 그린란드 관광청 재직

소리 없는 초록빛 관중을
보기 위한 알림

새벽 6시 10분, 오늘도 알람 전에 눈이 떠졌다.

모닝콜 알람을 6시 50분에 맞춰두었건만 최근 들어 저절로 눈이 떠지는 일이 잦아졌다. 그나저나 오늘도 어김없이 핸드폰 첫 화면이 밤새 도착한 오로라 알림으로 가득 차 있었다. 아침에 늦지 않기 위해 맞춰 놓은 모닝콜 알람을 제외하고 핸드폰을 무음으로 해놓길 잘했다는 생각이 들었다. 안 그랬더라면 밤새 띠링띠링 울리는 오로라 알림 소리에 잠을 설쳤을 것이다.

그린란드 생활은 이제 햇수로 7년, 얼마 전 처음으로 핸드폰에 오로라 어플을 깔았다. 예전에는 그냥 하늘을 올려다봤을 때 오로라가 보이면 그만, 안 보여도 그만이었다. '오늘 안 보이면 내일 보이겠지, 내일 안 보이면 낼모레 보이겠지.' 하는 오만한 마음이 있었다. 하지만 요즘 따라 사람들이 실시간으로 올리는 멋진 오로라 사진을 보니 나도 욕심이 났다. 그린란드 생활이 해를 거듭하고 친구의 친구를 알게 되고 나의 네트워크가 대학교에서 회사로 이어지고 봉사활동도 하다 보니 아

소리 없는 초록빛 관종을 보기 위한 알림

는 사람도 자연스레 많아졌다. 그렇다 보니 페이스북에 그린란드 친구들도 점점 더 많아졌다. 그러니 오로라가 보이는 날이면 페이스북 피드는 오로라 사진으로 도배가 된다. 누가누가 그 순간을 잘 캡처해서 재빠르게 올리는지 마치 경쟁이 붙는 듯하다. 그렇게 나도 멋진 오로라가 뜨는 날에는 절대 오로라의 모습을 놓치지 않을 거라는 다짐을 한다. 하늘에 화려하게 나타나도 좀처럼 소리 내지 않는 오로라를 보기 위해 어쩌면 조금은 치사한 오로라 어플의 알림 서비스를 받기로 한 것이다. 요즘에 꽤나 만족하며 오로라 알림을 잘 활용하고 있다. 매번 하늘을 올려다보지 않아도 되니 얼마나 편한지 모른다. 알림이 울리면 그때 하늘을 바라보면 되는 것이다.

그린란드의 겨울밤은 오로라를 보기에 제격이다. 나는 인구 18,000명이 사는 그린란드에서 가장 큰 도시이자 수도인 누크에 살고 있다. '인구가 고작 18,000명?'이라고 생각할지 모르겠지만 나는 매번 길거리에서 새로운 사람들을 만나고 모르는 얼굴을 더 많이 마주친다. 나는 그런 큰(?) 도시에서도 불빛이 꽤 많은 시내 중심에 살고 있다. 그럼에도 빛이 덜 있는 외지나 어두운 곳으로 가지 않아도 하늘이 맑은 밤이면 방 창문으로도 오로라가 꽤 잘 보인다.

하루는 핸드폰을 무음으로 해놓지 않고 잠들었다가 여러 번 울리는 오로라 알림 소리에 깬 적이 있다. 오로라 알림 소리에 깨기도 하지만 화장실에 가거나 물을 마시고 싶어서 깰 때도 있다. 그럴 때 새벽 3~4

김인숙

시의 창문으로 오로라가 보이면 모두가 잠든 시간이기에 남들은 보지 못하는 오로라를 보았다는 기쁨과 함께 남들은 모르는 나 혼자만의 비밀스러운 무언가를 몰래 발견한 것처럼 씨익 야릇한 웃음이 지어진다.

또 하루는 일 때문에 집에서 새벽 6시에 나서야 했던 날이었다. 보통 오로라는 밤에 잠들기 전에 보곤 했었기에 아침 일찍 출근길에 오로라를 볼 거라는 생각은 하지 않았다. 그런데 그날 까만 하늘 속 푸르스름한 빛을 발견하고 설마설마하며 핸드폰으로 사진을 찍었다. 본래 오로라는 눈으로 보는 것보다 사진으로 찍으면 더 잘 보이는 법! 사진 속에 선명하게 초록빛이 보였다. 오로라였다. 아침 오로라라니! 신기하여 서둘러 사진을 소셜미디어에 올리고 출근길에 처음 보는 오로라라고 글귀도 덧붙였다. 하지만 그 어디를 가나 찬물 끼얹는 사람들은 있기 마련. 내 사진 밑에 본인도 어제 출근길에 오로라를 보았다며 댓글을 단 사람이 나타났다. 갑자기 힘이 쭉 빠졌다. '하긴 그렇게 나 좀 봐달라고 하늘에서 초록색 옷을 입고 춤춰대는데 아무도 안 봐주면 그것도 좀 그렇긴 하지.'라고 생각하며 넘겼다.

겨울이면 항상 나타나는 오로라, 이제는 '겨울 하늘의 오로라' 그 자체에는 익숙해졌다. 하지만 항상 다른 모습을 보여주니 내가 간밤에 어떤 오로라를 놓쳤는지는 그냥 지나칠 수가 없다. 누크에 사는 사람들이 오로라 사진만 올리는 페이스북 그룹이 있는데, 매번 오로라가 하늘에 보일 때면 사람들이 너도나도 그곳에 사진을 찍어 올린다. 사실

소리 없는 초록빛 관중을 보기 위한 알림

그린란드의 여행 성수기는 6월부터 8월 사이이다. 하지만 주변에 자연 사진 찍기를 좋아하는 사람이 있으면 나는 항상 겨울의 그린란드를 추천한다. 겨울이라고는 하지만 우리 한국 사람 상식으로 생각하는 겨울과 그린란드 겨울은 그 시기가 조금 다르다. 그린란드에서 겨울은 9월부터 4월 정도로 보고 그 시기는 오로라를 볼 수 있는 시기와 일치한다. 하지만 겨울에 그린란드에 온다고 해서 오로라가 보장되는 건 아니다. 북극이고 겨울인 만큼 눈도 내려줘야 하고 그러면 하늘이 흐린 날도 많다는 뜻이 된다. 그래서 오로라만 보러 여행을 떠나는 것은 추천하지 않는다. 하지만 겨울에 그린란드에 오면 할 일이 많으니 걱정하지 않아도 된다. 그린란드의 여름에는 경험할 수 없는 스노모빌, 스키, 개썰매, 얼음낚시 등이 가능하기 때문이다. 추위는 어느 정도 각오해야 한다.

오로라는 하늘에 소리 없이 나타나 화려한 춤을 추고서는 또 소리 없이 사라진다. 하늘을 무대로 삼아 리허설 없이 매번 라이브 공연을 하는 오로라. 어쩔 때 보면 관종인가 싶다가도 어쩔 때 보면 외로운 댄서 같다는 생각도 든다.

우리나라는 예부터 밤에 휘파람을 불면 귀신 나온다거나 뱀이 나온다는 등의 이야기가 있어 밤에는 휘파람을 불지 않는다. 그런 미신들은 만국 공통인 걸까. 그린란드에서도 밤에 휘파람을 부는 것은 역시 좋은 의미로 해석되지 않는다. 그린란드에서는 예부터 오로라를 영혼이라고 믿었는데 밤에 휘파람을 불면 그 초록빛 영혼들이 땅으로 내려와 그

김인숙

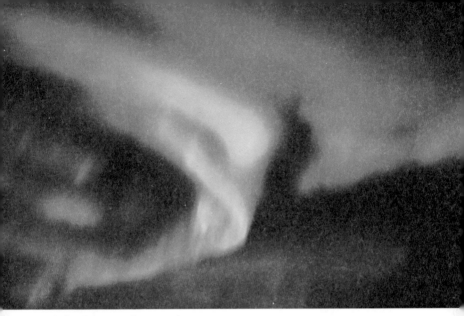

방 창문에서 본 오로라

휘파람을 분 사람의 머리를 가져다가 하늘에서 공놀이를 한다고 믿었다고 한다. 이를 다르게 해석하면 오로라를 보고 싶다면 휘파람을 불면 되는 것이다. 다만 영혼에게 잡히지 않게 재빠르게 도망가야 한다. 이렇게 소리가 없는 오로라가 소리에 반응한다고 믿는 것도 재미있는 미신이다.

얼마 전 인스타그램에 오로라 사진을 올렸을 때, 한국에 계신 한 분이 댓글을 달았다. 한국은 코로나 알림과 미세먼지 알림이 뜨는데 그린란드는 오로라 알림이 뜨니 얼마나 좋으냐고 하셨다. 그렇다. 그린란드에 살면서 코로나 영향을 비교적 덜 받고 있어 참으로 행운이라고 생각한다. 코로나 사태가 시작된 이후로 2021년 2월 말 현재까지 그린

소리 없는 초록빛 관종을 보기 위한 알림

란드에는 총 30명의 확진자가 발생했지만 모두 완치되어 그린란드는 그야말로 코로나 없는 세상이다, 한동안 일시적으로 격주 재택근무를 하는 회사가 몇몇 있었을 뿐이고 현재는 마치 코로나가 존재하지 않는 것처럼 살고 있다. 공항을 제외하고는 거리에서도 실내에서도 마스크를 쓰지 않는다. 지금까지 그린란드는 세 번의 국경 폐쇄 기간이 있었다. 워낙 인구도 적고 사회도 좁다 보니 정부 차원에서 할 수 있는 최상의 방법인 것이다. 백신은 빠르게 보급되어 이미 65세 이상 사람들과 병원 종사자들은 2번째 백신까지 맞은 상태이다. 그린란드 국경일인 2021년 6월 21일 전까지 16세 이상의 모든 그린란드 거주자들에게 백신 보급이 가능하도록 할 거라는 정부 발표도 있었다.

그린란드야 어쨌든, 마치 누군가 정지 버튼을 누른 듯 세상이 멈춘 것은 분명하다. 나는 매년 가던 한국도 작년에 가지 못했고 올해도 과연 갈 수 있을지 모르겠다.

내가 일하고 있는 그린란드 관광청은 작년에 처음으로 'Nunarput Nuan'이라고 불리는 스테이케이션 캠페인을 시작했다. 직역하면 '아름다운 우리나라' 정도 된다. 그린란드에 사는 사람들에게 그린란드 국내 여행을 권장하는 캠페인이다. 작년 여름 성수기에 살아남지 못한 몇몇 그린란드 현지 여행사는 문을 닫기도 했지만, 그린란드 국내 시장으로 일찍이 눈을 돌려 현지인을 대상으로 투어를 만들어 지속해 나가는 여행사가 늘어나고 있다. 그린란드 정부는 현지 여행사를 경제적으로 보

김인숙

조해주는 제도를 만들어 돕고 있다. 현재 현지 여행사들이 가장 많이 제공하고 있는 투어는 오로라 투어이다. 칠흑같이 까만 밤에 보트를 타고 나가 배 위에서 피오르와 바다에 떠 있는 빙산과 어우러진 오로라를 보는 투어가 요즘 성행하고 있다.

어렸을 때부터 항상 하늘에 떠 있어서 오로라를 특별하게 생각하지 않을 것 같은 현지인에게도 보트 투어를 함께 엮어 만든 이 오로라 투어는 단순히 오로라, 혹은 단순히 보트 투어를 뛰어넘는 경험을 선사하는 듯하다. 투어를 다녀온 사람들이 찍은 사진을 보니 확실히 시내에서 혹은 내 방 창문에서 보는 것과는 비교할 수 없는 환상적인 풍경이기는 했다. 나도 조만간 바다에 나가 정말 자연으로 둘러싸인 곳에서 오로라를 보고 싶기는 하다.

그린란드가 덴마크 왕국에 속해 있다는 사실을 모르는 이도 적지 않을 거라 생각한다. 그리고 덴마크 왕국에는 그린란드뿐만 아니라 페로제도도 속해 있다. 그래서 그린란드 사람들도, 페로제도 사람들도 모두 덴마크어를 구사하며 식민 지배의 영향으로 덴마크 문화가 알게 모르게 이 두 나라에 스며들어 있다. 2년 전 한국에 갔을 때 우연히 페로제도 사진전을 발견하고 갔다 온 적이 있었다. 마침 사진전의 작가님도 뵐 수 있어서 이야기를 나누었는데 "언제나 여행하듯 멋지게 사시기를" 이라는 글귀를 페로제도 사진 뒤에 써주셨다. 여행하기 정말 어려운 시기에 너무나 운 좋게 그때 작가님이 해주신 말처럼 여행하듯 살고 있다. 이 얼마나 행복하고 감사한 삶인지!

소리 없는 초록빛 관종을 보기 위한 알림

이 글을 쓰는 동안에 계속해서 오로라 알림이 울리고 또 울렸다. 하지만 아직 하늘을 올려다보지 않았다. 대신 사람들이 계속해서 올리는 실시간 오로라 사진을 보며 감탄 중이었다. 오늘 오로라는 초록빛뿐만 아니라 핑크빛까지 보이며 열심히 라이브 공연 중이다. 그야말로 판타스틱하다!

아, 오로라 알림이 또 울렸다. 오늘은 얼마나 화려한 초록빛 춤을 선보일지 공짜 라이브 공연을 보러 따뜻하게 채비하고 또 한 번 나가봐야겠다.

< 출근길 새벽에 본 오로라

김인숙

2010년 대학 시절 그린란드 배낭여행 후 그곳의 매력에 푹 빠져, 2015년부터 그린란드에 거주하고 있는 유일한 한국인이다. 현재 그린란드 관광청에서 웹 에디터이자 그린란드 스테이케이션 'Nunarputnuan. gl'의 프로젝트 매니저이며 콘텐츠 제작에도 참여하고 있다. 매년 한국 방송사 및 언론사와 그린란드 다큐멘터리 제작 혹은 프로젝트를 진행해왔다. 2019년에는 책 『그린란드에 살고 있습니다』를 출간했다.

소리 없는 초록빛 관종을 보기 위한 알림

조병준 ✳ 시인, 여행자, 문화평론가

나를 울린 소리들

조병준

195

나를 울린 소리들

길냥이 아깽이들의 오도독 소리

크리스마스 날 아침이었다. 쓰레기봉투 찢는 아기 길냥이 네 마리와 어미가 사는 가난한 구유에 찾아갔다. 황금과 몰약과 유향을 들고 갈 형편은 안 되기에, 참치 캔과 사료와 보온병에 담긴 따뜻한 물을 들고 갔다. 동방박사 코스프레 치곤 조공이 너무 초라했다.

아직 아깽이들과 나 사이에 친밀감이 형성되기엔 우리가 서로를 안 시간이 너무 짧았다. 사료를 먹을 수 있을 만큼 자란 길냥이 아깽이들은 끝내 인간과의 접촉을 피할 가능성이 높다. 아마 아깽이들과 나 사이의 거리는 좁혀지지 못할 것이다.

참치 캔을 온전히 바치기엔 내 재력이 허약하고, 기다리는 다른 길냥이들과의 형평도 생각해야 한다. 참치 캔 하나와 건사료 다섯 냥 분을 잘 버무린다. 참치맛 건사료. 그래도 쓰레기 뒤져 뜯어먹는 생선뼈에 붙은 알량한 살보다는 나을 것이니, 미안한 마음은 옆으로 치운다. 참치맛 건사료를 전단지 재활용해서 만든 접시에 놓아주고, 즉석 쌀밥 용기를 재활용한 물그릇 놓아주고 멀찍이 뒤로 물러선다.

밀당의 시간이 찾아온다. 아니 저 아저씨는 밥 차려놨으면 그만 일어나서 갈 것이지, 왜 저러고 버티고 있는 거냥! 자기가 식당 가서 밥 시켰는데 주방장이 옆에 서 있으면 밥이 잘 넘어가겠냥! 만난 시간이 길지 않아 아직은 경계를 풀 수 없는 인간 아저씨에 대한 두려움과 참치 냄새 솔솔 풍겨오는 사료 사이에서 아깽이들은 갈등한다.

기다리는 이에게 복이 있나니, 그가 아깽이의 오도독 소리를 들으

조병준

리라. 아깽이들은 있는 용기, 없는 용기를 죄다 끌어모아 둥지 앞에 차려진 참치와 사료에 다가왔고, 먹었다. 좋은 길냥이 집사는 그냥 사료와 물을 놓아주고 냥이들이 마음 편히 먹고 마시도록 그 자리를 떠나야 한다는 걸 잘 알면서도, 나는 그러지 못했다. 길냥이에게 해코지하는 인간이 아직 많다는 걸 감안하면 아깽이들이 사람을 두려워하게 내버려두는 편이 현명하다. 선배 길냥이 집사들의 조언을 기억하면서도, 사람이 어디 이성적으로만, 합리적으로만 움직이는 동물이던가, 나는 밥과 물만 놔두고 그 자리를 떠나지 못했다. 왜? 그 오도독 소리를 듣고 싶어서.

낮이고 밤이고 관광객(!) 홍수가 밀려드는 곳이지만, 그 번잡한 길 바로 옆, 계단 아래, 거기 관광객들의 눈길이 미치지 않는 곳에 그렇게 생의 시간이 숨어 있었다. 버려졌으나 다시 쓰이고 싶은 물질의 욕망이, 쓰레기 한복판에 태어났으나 그래도 어떻게든 살아남으려는 생명의 욕망이 조심스레 햇빛 받는 시간이 있었다. 낮에 가면 아깽이들이 사람들 소리에 잘 나오지도 않는다는 걸 잘 알면서도 내가 굳이 낮 시간에 그 자리에 찾아간 이유? 크리스마스였으니까. 그리고 괜스레 축 처졌던 마음에 안티에이징 디톡스 리프팅 리페어 크림이 필요했기 때문에. 햇빛 받으며 아깽이들의 오도독 소리에 마음도 펴고 싶었으니까.

풀다 대성당의 파이프오르간 소리

그해 캘커타의 어느 날, 마더 하우스(이제 성녀가 된 테레사 수녀님의 수도회 본부를 부르는 이름이다. 어머니의 집!)에서 행려병자들을 돌보는 집

197

프렘단으로 가던 길, 낯선 얼굴의 봉사자 친구와 함께 걷게 되었다.

　— 어디서 왔니?

　— 독일.

　— 독일 어디?

　— 풀다.

　— 풀다가 어디쯤에 있는 도시야? 내가 알 만한 큰 도시가 근처에
있니?

　— 음, 네가 아는 도시가 어딘데?

　— 베를린, 뮌헨, 쾰른, 함부르크, 프랑크푸르트….

　— 아, 프랑크푸르트에서 가까워.

　그는 신학교를 졸업하고 앞으로의 진로를 고민하던 중 캘커타에
왔다고 했다. 그대로 사제의 길을 가야 할지, 아니면 심리학 공부를 좀
더 해야 할지를 놓고 고민 중이라고 했다.

　— 캘커타엔 얼마나 머물 건데?

　— 두 달 조금 더.

　— 잘됐다, 간호 팀에 사람이 필요했어. 너처럼 최소한 몇 달을 머
물 수 있는 사람.

　그렇게 해서 슈테판을 프렘단의 간호 팀 멤버로 특채(!)했다. 초보
봉사자 슈테판은 졸지에 핀셋으로 '파리의 아기들'(!)을 잡아내는, 아마
생의 마지막 날까지 잊지 못할, 경험을 하게 되었다. 내가 먼저 캘커타
를 떠났다. 그리고 몇 달 후 독일로 날아가게 되었다. 슈테판을 다시 만
났다. 3월에 헤어졌으니 거의 넉 달 만이었다.

조병준

— 앞으로 어떻게 할지 결심했어?

— 응, 심리학 공부를 위해 다시 대학에 들어갈 거야. 1학년부터 다시 시작해야 하니까 최소한 4년은 걸리겠지.

— 공부 끝난 다음엔?

— 그땐 사제의 길을 가야지.

— 군이 심리학 공부를 다시 하고 싶은 이유는 뭐야?

— 지금 사람들의 가장 큰 고통은 대부분 정신적인 문제들이잖아. 사람들을 도우려면 심리학 공부가 필요하다고 생각했어.

— 그렇구나….

내가 머무는 동안에도 슈테판은 몇 개의 대학에서 입학허가서를 받았다. 어느 도시의 대학으로 가게 되든, 고향 풀다를 떠나 낯선 도시에 둥지를 틀게 될 예정이었다. 이래저래 몸도 마음도 분주한 시기였을 텐데도 슈테판은 내게 풀다를 하나라도 더 보여주기 위해 분주했다. 내게도 다른 일정이 있어 긴 시간을 보낼 순 없었다. 짧은 3박 4일의 일정, 슈테판은 내게 '풀다 완전 정복'을 시켜주기 위해 최선을 다했다. 보통 여행자에겐 불가능했을, 대성당 종탑 올라가기도 거기 포함되어 있었다. 신학교 졸업생이라는 든든한 '빽'의 혜택을 단단히 입은 셈이다.

그리고 풀다에서의 마지막 날, 슈테판은 특별한, 매우 특별한 투어를 선물해주었다. 나를 위한, 오로지 나 한 사람을 위한, 풀다 대성당의 파이프오르간 연주! 말과 글로는 음악을 설명할 수 없다. 사람도 거의 없었던 그 대성당에 울려 퍼진 바흐의 오르간 소리를 도대체 어떻게 글로 묘사할 수 있을까. 천상의 소리였다는, 그런 정말 극에 달한 상투

나를 울린 소리들

어밖에는 타이핑하지 못하는 내 손을 미워해도 된다. 캘커타에서 새벽 미사 때마다 우리가 주고받던 평화의 인사, "평화를 빕니다."라는 인사가 오르간 소리로 재현되었다. 내 여행길의 평화를 빌어주던 슈테판의 인사….

비야비시오사의 종소리

서울의 모든 사람이 말렸던 여행이었다. 뇌경색으로 쓰러졌다가 겨우 1년이 지난 시점이었으니 어쩔 수 없었다. 가브리엘과 했던 약속이 아니었다면 그 여행은 없었을 것이다. 뒤늦게 신학교에 들어간 가브리엘에게 했던 약속이 있었다. 사제 서품식에는 무슨 일이 있어도 참석하겠노라고 했던 약속. 사제 서품식 날짜를 알리는 가브리엘의 이메일을 받고 고민한 시간은 짧았다. 약속은 지키라고 있는 것이니까. 기왕에 스페인으로 날아가는 길, 12년 만에 두 번째 산티아고의 길도 걷고 싶었다. 열심히 몸을 움직여야 빨리 회복된다고, 그러니 매일 열심히 걸으라고, 의사가 엄중히 명했으니까.

갓 서품을 받은 새 신부의 축복을 받고 산티아고의 길을 걸었다. 서울에서 열심히 걷기 훈련을 하긴 했지만, 그래도 900킬로미터의 먼 길이 쉬울 리는 없었다. 걸음마다 나쁜 기억, 슬픈 기억들이 돌아오는 탓에 힘들기도 했다. 그래도 행복한 길이었다. 나, 다시 살아나고 있구나. 힘들었던 시간 동안 내 몸 안에 쌓인 독들이 이렇게 길로 풀어져 나오고 있구나. 서른세 날을 걸었다.

길이 끝나고 가브리엘에게 전화를 걸었다. 가브리엘, 무사히 순례 잘 마쳤어. 지금 어디? 비야비시오사, 엄마 집에 있다고? 알았어. 레온까지 기차든 버스든 타고 갈게. 레온 터미널로 마중 나온 가브리엘의 차에 올라탔다. 한 시간쯤을 달려야 가브리엘의 어머니가 계시는 작은 시골 마을 비야비시오사에 닿을 수 있었다. 마을의 인구가 80명쯤 된다고 했던가.

여름휴가를 보내려 외갓동네에 온 새 신부님에겐 매일 미사를 올려야 하는 의무가 있었다. 그 작은 시골 마을에서 미사를 드리러 오는 신자라고 해봐야 동네 할머니들과 할아버지들뿐이었다. 가브리엘이 내게도 임무를 하나 맡겼다. 미사가 시작되는 걸 알리는 종을 울려 달라고. 권정생 선생의 책을 읽으며 그런 꿈을 꾸었던가. 나도 시골 교회의

나를 울린 소리들

종지기로 살고 싶다는 꿈을. 가브리엘이 미사를 준비할 때 나는 시골 성당의 종루에 올라 종을 울렸다. 뎅 뎅 뎅. 조용한 낮 2시의 시골 마을 들판과 언덕에 종소리가 퍼져나갔다.

가톨릭 신자도 아니면서, 그 먼 스페인의 시골 마을 성당의 종지기로 열흘을 살았다. 영어가 통하는 사람은 가브리엘뿐이었지만, 그래도 마을의 할아버지 할머니들은 내게 정겨운 인사를 건네주었다. 올라! 께 딸! 안녕! 잘 지내니! 노인네들이 얼마나 궁금했을까. 어쩌면 그 마을에 찾아온 최초의 동양인이었을 내가 도대체 무슨 연으로 그 시골 마을에서 종지기로 열흘을 살게 되었을까. 종을 치고 내려와 미사에 참석하면서 왜 성찬식에는 동참하지 않을까.

올해는 안 될 것이 분명하고, 내년에는 다시 비야비시오사에 갈 수 있을까. 가브리엘의 여름휴가에 맞춰 다시 시골 성당의 종지기로 살아보는 축복이 내게 내려올 수 있을까. 가만 있자, 종을 몇 번 쳤었지? 다섯 번이었나? 아, 아직 종루에 올라갈 다리 힘이 남아 있을 때, 종에 매달린 줄을 잡아당길 팔 힘이 남아 있을 때 돌아가야 하는데….

삼촌과 이모들의 손뼉 소리

결핵과 간염, 영양실조, 실명, 굽어버린 뼈. 캘커타의 거리에 버려졌다가 마더 테레사의 집으로 실려 온 아이가 있었다. 아이의 이름은 아준이었다. 아준을 진찰한 의사는 오래 못 살 거라고 진단했다. 살아도 평생 침대에 누워 있어야 할 거라고. 호주 친구 폴, 스페인 친구 파울라

조병준

가 바통을 이어 아침마다 아준이 비명을 지르며 울어도 악착같이 물리치료를 계속했다.

폴이 떠나고 파울라가 떠났지만, 이준에게 물리치료를 계속해줄 삼촌들과 이모들의 행렬은 끊어지지 않았다. 1997년 겨울, 1998년 겨울, 캘커타에 돌아가면 제일 먼저 아준을 찾았다. 아준은 내내 침대에만 누워 있었다. 1999년 12월, 프렘단에 돌아갔을 때 먼저 아준을 찾았다.

내 눈을 믿을 수 없었다. 그 작고 가냘프던 꼬맹이가 어느새 소년이 되어 있었다. 여전히 앞을 볼 수 없고 왼쪽 손목도 여전히 굽어 있었지만, 아준은 보조기구를 짚고 삼촌과 이모들의 손뼉 소리로 방향을 잡아 한 걸음, 한 걸음을 떼놓고 있었다.

— 아준!

— 엉클 준!

1년 만에 돌아온 준 삼촌의 목소리를 기억한 아준은 내 얼굴을 손으로 더듬으며 계속 엉클 준을 외쳤다. 아준의 수많은 삼촌과 이모들. 폴, 파울라, 스테파노, 로렌조, 마이클, 메르세데스… 굽어버린 아준의 팔과 다리를 주물러준, 아무리 아프다고 울어도 입술을 깨물며 물리치료를 계속한 삼촌과 이모들. 그리고 손뼉을 치며 이름을 불러 방향을 알리며 아준을 걷게 만든 삼촌과 이모들….

소리는 울리는 것. 어떤 소리들은 함께 울린다. 공명! 삼촌과 이모들의 손뼉 소리가 아준의 다리에 잠들어 있던 피와 근육들을 깨워 다시 살아나게 만들었으리라. 부끄럽게도 눈물이 나와 버렸다. 로렌조가 조금 더 걷기 연습을 해야 한다며 다시 손뼉을 쳤다. 아준, 여기야! 옳

나를 울린 소리들

지! 한 걸음 더! 한 걸음 더!

내게도 그런 삼촌과 이모들이 있으면 좋을 텐데. 멀쩡히 두 눈 다 뜨고 있으면서도 자꾸 엉뚱한 길로만 가는, 심지어 실족해 자빠지는 날이 부지기수인 내게도 그렇게 조병준, 거기 아냐! 여기야! 손뼉 소리로 방향을 인도해 주는 사람들이 있으면 참 좋을 텐데….

아버지의 노랫소리

나, 어릴 적에 〈국악의 향연〉이라는 제목의 텔레비전 프로그램이 있었다. 아버지에게 그 시간은 하늘이 두 쪽이 나도 본방을 사수해야 하는 시간이었다. 아버지는 때론 양은 다라를, 때론 베개를 앞에 두고 두드리며 그 작은 십 몇 인치 흑백텔레비전의 소리꾼과 함께 노래를 부르셨다. 아버지, 소년 시절의 꿈이 어쩌다가 흩어진 꿈이 되었는지를 알게 된 머리가 한참 큰 다음의 일이었다. 대한민국의 많은 아버지와 아들이 그러하듯, 우리도 살가운 부자는 아니었다. 사춘기 땐 미움의 대상이었고, 나이가 들어선 연민의 대상이었던 아버지…. 서른 줄 한참 넘기고 아버지에게 바치는 시를 한 편 썼다.

소리 폭포, 아버지

소리를 따라간 곳에 폭포가 있었다

얼음 속에 소리가 앉아 있었다

네 아버지가 아니다 네 애비의 꿈이다

네 애비는 중학교에도 가지 못했다

마을에 소리선생이 있어

겨울밤이면 선생네 사랑방에 모였다

네 할아버지께서 지겟자루를 들고 쫓아오셨다

네 어머니에게 고기 한 근 못 사 먹이고 낳은

네 형을 병원 한 번 못 데려가고 죽었다

이불 한 채 솥 하나 들고 고향을 떠났다

너를 키우고 네 누이들도 키웠다

아버진 헛되이 늙으셨어요

이 폭포가 깨지기 전엔 꿈쩍 못한다

벌써 아흔아홉 번 목에서 피가 터졌다

나를 울린 소리들

언제나 부서지기만 하던 아버지

몇 번을 말해야 알아듣느냐

네 아버지가 아니다 네 애비의 꿈이다

늙은 애비라고 네 놈은 꿈마저 업수여겼더냐

세월이 흘렀다. 어머니가 먼저 세상을 떠나시고, 아버지는 요양병원에서 생의 마지막 날들을 보내셔야 했다. 병원 생활 2년째, 우리를 떠나시기 한 해 전, 요양병원에서 추석맞이 잔치가 있었다. 한가위맞이 경로잔치 노래자랑 대회. 아버지, 신나셨다. 한복 가져와라. 당신 칠순 잔치 때 딱 한 번 입으신 한복. 사진도 찍어줄 수 있겠냐? 네, 아버지. 카메라 짊어지고, 한복 상자 들고 달려갔다. 아버지, 추석이 오니, 강강술래 뛰던 생각, 진도아리랑 부르던 생각. 어찌 안 나실까. 젊어 목청 좋을 때, 동네 대표로 강강술래, 진도아리랑 선창 매기시던 양반이.

잔치에서 아버지는 〈한강수타령〉을 부르셨다. 참가번호 1번으로! 아들 앞에선 만날 나, 죽을란다, 하시더니 노래 부르실 땐 어디서 기운이 솟아 그리 목청이 트이시는 건지. 마이크 잡으시면 더 기운이 펄펄 나시는갑다. 내가 못살아. 부전자전, 아버지는 그날 2등상을 받으셨다. 온 가족이 다 무대에 함께 오른 가족에게 1등상이 갔다고, 자식들이 함께 노래했으면 1등은 당신 것이었을 거라며 서운해하셨다.

어느새 아주 많은 세월이 흘렀다. 휠체어에 앉아 노래하시던 아버지의 사진을 들여다본다. 병원에서 준비해준 오방색 한복 저고리를 입고 노래하는 아버지. 그 짧은 시간 동안 아버지는 스타가 되셨구나. 아

조병준

버지, 소년 시절의 꿈이 그렇게 한 번은 이뤄진 것이었구나. 아버지의 전

성시대가 하루는 있었구나. 그날, 아버지의 소리가 폭포를 잠재운 것이

었구나….

조병준

서울에서 태어나고 자랐지만, 잉태된 곳이 남녘 진도였다며 자신의 고향은 진도라고 우
긴다. 어릴 때부터 시인이 되기를 꿈꾸었고, 또 여행자가 되기를 꿈꾸었다. 그렇게 떠난
첫 여행길에서 서른 살이 되었고, 그 길에서 얻은 힘으로 잠시 포기했던 시인의 꿈도 현
실에서 이뤄냈다. 학교에선 문화를 공부해, 그 여파로 '문화평론가' 명함도 얻어 다양한
매체에 문화와 관련된 글을 썼다. 문화평론집인 첫 책 『나눔 나눔 나눔』을 펴낸 후, 『제
친구들하고 인사하실래요? ― 오후 4시의 천사들』, 『내게 행복을 주는 사람』, 『나를 미
치게 하는 바다』, 『제 친구들하고 인사하실래요? ― 이 땅이 아름다운 이유』, 『사랑을
만나러 길을 나서다』, 『정당한 분노』, 『기쁨의 정원』 등의 산문집, 그리고 시집 『나는 세
상을 떠도는 집』, 사진 시집 『따뜻한 슬픔』 등 여행과 삶에 대해 이야기하는 열한 권의
책을 펴냈다. 길과 삶에서 건진 사진들로 네 차례의 사진전을 열기도 했다. 전문가가 되
기보다는 '두루주의자'가 되겠다는 야심을 포기하지 못한다. 문화와 사회를 이야기하
는 책 『컬처럴 지오그래픽』(가제)과 서울의 옛길을 걸으며 개인사와 서울의 역사를 함께
이야기하는 새 책들을 준비하고 있다.

나를 울린 소리들

문예단행본 ✳ **도마뱀** ✳ 03
2021 봄

나를 울리는 소리

초판 인쇄	2021년 4월 12일
초판 발행	2021년 4월 19일
지은이	이현호, 다린, 박상, 권효현, 김안, 이주란, 박은정, 람혼 최정우, 구현우, 말로, 정진영, 이현철, 손미, 주상균, 정이재, 김인숙, 조병준
기획·편집	박은정, 이유진, 이현호, 임지원
책임편집	이현호
디자인	와이겔리
펴낸곳	도마뱀출판사
펴낸이	조동욱
등록	제2007-000083호
주소	03057 서울시 종로구 계동2길 17-13(계동)
전화	(02) 744-8846
팩스	(02) 744-8847
이메일	aurmi@hanmail.net
블로그	http://blog.naver.com/ybooks

ISBN 978-89-960189-7-1 03810
ISSN 2765-5342 11

＊책값은 뒤표지에 있습니다.

＊잘못 만들어진 책은 바꿔 드립니다.